JANSEY

DAS EVANGELIUM

NACH DEM FLEISCH VON JESUS

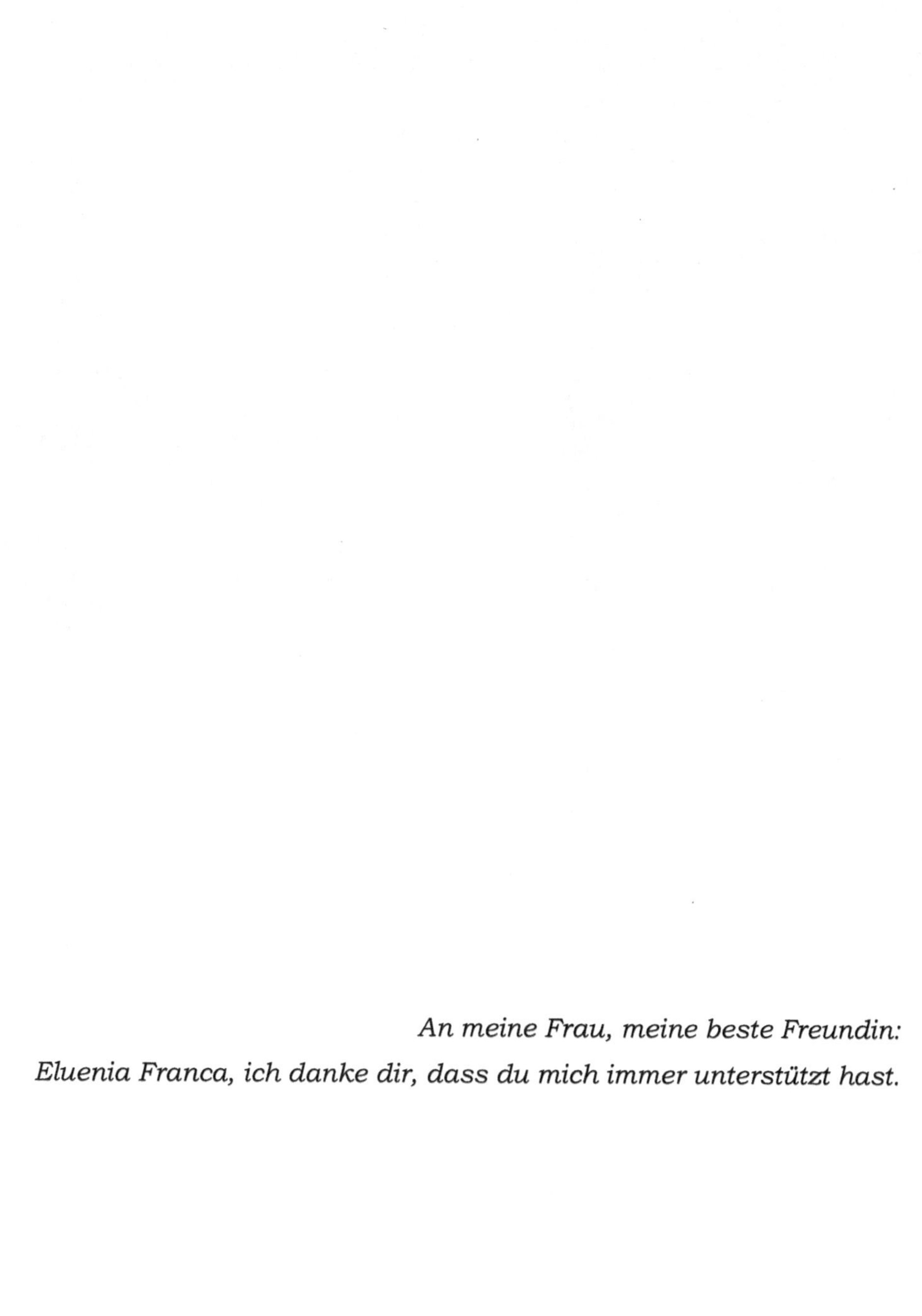

An meine Frau, meine beste Freundin:
Eluenia Franca, ich danke dir, dass du mich immer unterstützt hast.

INDEX

MARIA

-   **Nach Ägypten Fliehen?** - fragte ich mich entrüstet.

Ägypten wieder in unser Leben. Ägypten scheint schon immer in uns gewesen zu sein. Es ist nicht nur Sklaverei, sondern auch Läuterung. Die Flucht dorthin ist keine einfache Strafe für unsere Verfehlungen, sondern ein Weg, sie zu tilgen. Es ist, als bliebe alles Schlechte dort, und alles Gute entweicht von dort. Wie auch immer, manchmal ist es überall so: Wir wollen einfach nur dem entfliehen, was uns widerfahren ist. Weit weg von unseren Gärten zu begraben, was uns Schande bringt.

Ein paar Monate später war das ganze Bild undenkbar. Nach Ägypten fliehen? Niemals, denn auch heute noch symbolisiert sie für uns alle die Rückkehr zu den Fesseln, denen wir entflohen sind, um den Geschmack der Unabhängigkeit zu erleben. Aber Ägypten symbolisiert eine gewisse Befreiung, ohne die es Mose und das Gesetz nicht gäbe, auch wenn das alles keine wirkliche Freiheit bedeutet, sondern nur ein Vorwand für ein erträgliches Leben ist. In der Praxis haben wir die ägyptischen Ketten ausgetauscht, um uns an die Stricke des Gesetzes zu binden. Wohin wir auch schauen, unsere Schritte werden immer kontrolliert, unsere Träume werden vereitelt.

Die Freiheit, nach der wir so sehr streben, ist eine Illusion. Wir sind nie wirklich unabhängig. Es ist wie ein Szenario, das von Anfang an geplant zu sein schien. Was mich betrifft, so habe ich mich nie wirklich frei gefühlt. Es mag seltsam sein, aber ich erinnere mich sehr gut an alles, und ich bin nur ein verlassenes Wunder. Ich habe nie verstanden, warum Eltern, die keine Kinder bekommen können, fasten und versprechen, sie zu bekommen, und sie dann im Stich lassen. Ich glaube, dass Gottes Fürsorge schon in der Umgebung beginnt, in die wir hineingeboren werden. Kinder sollten nicht ohne ihre Eltern aufwachsen, insbesondere eine Tochter, die alles von ihrer Mutter lernen muss, um eine Frau zu werden.

Ich glaube, dass Gott dort, wo die Dinge nicht immer einer echten Familie ähneln, beginnt, uns auf seine Weise über das Leben zu unterrichten. Familie ist nicht immer das, was wir erwartet haben, und ist es fast nie. Es hängt alles davon ab, ob wir bereit sind, die Lektion zu lernen, die sie uns erteilen. Die Unvollkommenheiten unserer Eltern helfen uns, bessere Eltern zu sein. Unsere Prüfungen sollten uns nur zu besseren und hoffnungsvolleren Menschen machen. Doch manchmal reißen manche Prüfungen den ganzen Glauben und die Hoffnung weg, die wir hatten. Und die schlimmsten Wunden sind die, die von den Menschen, die wir lieben, geschlagen werden. Sie heilen nie.

Ich bin damit aufgewachsen, dass diese Entscheidung die beste für mich war. Und ich habe es vom ersten Moment an gehasst. Alles hätte ganz anders sein können, wenn meine Eltern mich großgezogen hätten. Es ist nicht so, dass ich mich ungerecht behandelt fühle. Im Leben ist nicht alles eine Frage von fair oder unfair, von richtig und falsch. Was ich empfand, war nur das Gefühl einer Tochter, die Situationen durchlebt hat, die hätten vermieden werden können. Unsere Glaubensgeschichten lehren uns anschaulich, dass nicht immer alles gut geht, nur weil wir Gott nahe sind. Wenn wir im Licht stehen, fällt es uns immer leichter zu sehen, was wir vorher nicht bemerkt haben.

Die Erziehung durch die Priester hat mich also nicht vor dem Leid bewahrt, das mir widerfahren ist, und auch nicht davor, dass mir meine Schönheit und Unschuld gestohlen wurde. In einer machohaften Welt ist die Schönheit einer Frau eine Ware des persönlichen Vergnügens, die Heuchelei der Selbstverleugnung ist falsche Armut, die priesterliche Trennung ist versteckter

Hedonismus. Letztlich sind alle verunreinigt, denn die Unreinheit liegt nicht außerhalb des Menschen, sondern ist Teil seiner Natur. In der Tat lernen wir auf beschämende Weise, dass Gott in den Mündern seiner Vertreter nur ein Konzept ist, keine Lebensform. Wir lernen, so wie ich, dass es so etwas wie Heiligkeit nicht gibt, sondern nur das Weltliche im religiösen Gewand.

In diesem Umfeld sollte ich mich weihen und mehr von Gott lernen, aber ich wurde immer wieder missbraucht. Meine Seele wurde durch Diskriminierung geschändet, mein Glaube durch mangelndes Zeugnis vergewaltigt, meine Weiblichkeit kommerzialisiert. Alles nur, weil ich in den Augen des Gesetzes nicht zerbrechlich, sondern einfach minderwertig war. Es ist das Gesetz, das Ihnen das Recht vorenthält, zu wählen. Dasselbe Gesetz, das uns über Gott belehrt, veranlasst uns, diejenigen zu verachten, die nicht scheinbar vollkommen sind. Letztlich korrigiert das Gesetz nicht, es urteilt nur, und das Gericht, das es beobachtet, leidet unter einer völlig unvollkommenen Voreingenommenheit.

Mein Herz war empört. Ich kannte die Hölle, eine jüdische Frau zu sein, und die Dämonen aus Fleisch und Blut. Mit der Zeit begannen die Menschen, ihre schändlichen Triebe als Dämonen zu bezeichnen. Es ist viel einfacher, ein Verhalten, das wir nicht rechtfertigen können, einer äußeren und unsichtbaren Kraft zuzuschreiben. Und so wurde ich daran gehindert, meinen Schmerz herauszuschreien, wie so viele andere, die in ähnlicher Weise Unreinheit durch die Hände derer erfahren haben, die uns den Weg der Heiligung zeigen sollten. Wir alle waren Männern versprochen, die das Heilige noch in diesem Kontext sahen, obwohl wir wussten, dass es nichts Heiliges gab und dass es im Haus Gottes so war, als ob er nicht da wäre.

Objektiv gesehen waren wir Kinder, die unter der Heuchelei eines Gelübdes ausgesetzt wurden. Sie werden im Tempel erzogen und nach traditionellem Brauch den Ältesten oder Witwern versprochen. Wir hatten kein Mitspracherecht, keine Wahl, und wir wollten alle fliehen. Wir waren noch kindisch genug, um irgendeine Art von Verantwortung zu übernehmen, und als wir Gott aufsuchten, weil wir uns eine größere geistige Beteiligung wünschten, die uns aus dieser Situation herausführen würde, und dass er selbst uns sagen würde, was sein Wille in unserem Leben sei, wurden wir zurechtgewiesen und gewarnt, dass Frauen das nicht tun dürften. Und für einfache Kinder waren diese Worte so, als ob nicht einmal Gott uns wollte. Was uns am Leben hielt, war nicht mehr die Hoffnung auf eine bessere Zukunft, sondern die Schönheit eines Versprechens. Niemand kennt den Wert eines Versprechens, bevor er nicht alles verloren hat. Wir haben zwar Familie und Unterstützung, Freunde und Ressourcen, aber ein Versprechen bedeutet nicht viel. Wenn alles gut läuft, ist ein Versprechen etwas Schönes, an das wir glauben, das uns aber nicht interessiert. Wenn uns jedoch nichts anderes als ein Versprechen bleibt, wird es zum einzigen Grund für die Hoffnung, und es erzieht uns zum Glauben und Vertrauen, denn jedes Versprechen braucht Zeit, eine Zeit, die frei von Dringlichkeit und ohne Preis ist.

Das Versprechen der Ehe überschattete unseren Schmerz und nährte die Hoffnung. Wir hatten alle dasselbe Versprechen erhalten. Ein Warten, das ein bestimmtes Datum und eine bestimmte Zeit hatte, auch wenn es Termine waren, die sich bei jedem von uns anders manifestierten. Wir hatten eine Verabredung mit der Geschlechtsreife, und wenn wir sie erreicht hatten, würden wir von demjenigen erlöst werden, den Gott - oder das Schicksal - für uns als Ehemann ausgewählt hatte. Diese Zeit, in der wir auf die Menarche warteten, war eine Mischung aus Hoffnung und Angst. Wir wollten die Ehe mehr, um aus dieser Realität herauszukommen, ohne jedoch zu wissen, was es heißt, eine Ehefrau zu sein.

Die einzige Gewissheit, die wir hatten, war, dass wir unsere Kinder ganz und gar im Gegensatz zu unseren Eltern lieben würden. Kein Gelübde würde uns von unseren Kindern trennen, solange sie nicht verstehen konnten, wie sehr sie geliebt wurden. Ich hingegen war einem viel älteren Mann und einem Witwer versprochen worden. Aber von dem Zeitpunkt an, als Joseph mich in seine Verantwortung nahm, sprach er nie ein Wort mit mir, er war nie bei meinen Leiden dabei, er wusste nicht, dass ich resigniert litt, und ich ließ es mir nie anmerken. Es ist interessant, wie wir in der Lage sind, Leiden unter dem Joch der Unterdrückung zu verbergen.

Wir hatten gelernt, uns zu verstellen. Das religiöse Leben war ständig im Niedergang begriffen. Es ist, als ob alles unweigerlich und auf tragische Weise miteinander verbunden wäre. Für ein Volk, das nie wirklich frei gewesen war, das seit Ägypten so viele andere Feinde gehabt hatte und sich nun wieder unter der Herrschaft des Staates wiederfand, war dies ein Bild, das selbst den gläubigsten Menschen den Glauben verlieren ließ. Angesichts solcher Umstände regiert die Angst, nicht der Herr. Aufgrund des Gesetzes wirkt der Glaube in Israel wie eine Bremse für die menschlichen Triebe. Wenn der Glaube schwächelt, wird alles, was das Gesetz zu verhindern sucht, gewaltsam und böswillig präsent.

Und wenn Leid und Tragödien uns fragen lassen, wo Gott ist, finden wir nur das Schlimmste von uns selbst. Ohne Gott werden wir weder unabhängig, noch größer oder besser. Aber nur die Vorstellung von Gott bringt das Beste in uns hervor. Der Mensch wurde nicht geboren, um göttlich zu werden, und wenn er nach dem strebt, was er nicht haben oder sein kann, verliert er sein Menschsein. Wir existieren nicht, um etwas zu werden, was wir nicht sind, wir sind nicht verpflichtet, uns zu ändern, sondern nur, das zu sein, was wir immer waren, und unser Bestes zu geben, so wie das Mitgefühl von Moses Gott davon überzeugte, unsere Vorfahren in der Wüste nicht zu töten.

Wenn wir uns dem widmen, was wir wirklich sind, lassen wir unsere Tugenden aufblühen, auch wenn sie immer von unseren Fehlern begleitet werden. Die Mängel bestehen, damit wir uns nicht verselbständigen, denn es sind unsere Unvollkommenheiten, die uns voneinander abhängig machen, so wie es unsere Sünden sind, die uns Gott näher bringen. Das Vollkommene offenbart in uns nur Stolz und Schein, Verhaltensweisen, die uns gegenseitig zerstören und die in der geistigen Arroganz immer präsenter sind. Sich für etwas Besseres zu halten, als man in Wirklichkeit ist, ist so, als würde man sich selbst mit Augen voller Sand betrachten und immer die Illusion haben, dass man weiß, was man sieht.

Und wenn das Leben in Israel auch heute noch so ist, dann gibt es einen schlimmeren Zustand als das Schwanken im Glauben, nämlich dann, wenn wir den Willen verlieren, weiterhin Hoffnung zu haben. Und ich habe mich auf diese Weise wiedergefunden. Ich wollte den alten Prophezeiungen nicht mehr glauben oder vertrauen. Ich fühlte mich, als hätte ich mein ganzes Leben lang verlorene Träume geträumt, und es gibt nichts Schlimmeres, als sich bewusst zu machen, dass bestimmte Dinge nie geschehen werden. Mein Lächeln konnte meine Tränen nicht mehr verbergen. Ohne Träume ist es, als ob die Seele vom Leiden adoptiert wird, und nicht einmal die brennende Wüstensonne kann die Reise erhellen.

Der Verlust der Kraft, Hoffnung zu haben, ist etwas, das über die Verzweiflung hinausgeht, es ist mehr als keine Hoffnung zu haben. Es ist der Wunsch, nie wieder Hoffnung zu haben. Wenn man die Hoffnung verliert, heißt das nicht, dass man die Geduld verliert oder des Wartens überdrüssig wird. Der Verlust des Willens zur

Hoffnung hat nichts mit der Zeit zu tun, die wir gar nicht mehr wahrnehmen, denn es geht nicht darum, dass wir heute anfangen, Dinge zu tun. Man tut es einfach nicht, man weiß nicht mehr, was man tun soll, oder wann man es tun soll, oder wo man anfangen soll, und schon gar nicht, warum man es tun soll. Das einzige Gefühl, das es gibt, ist, dass sich nichts ändern wird, egal was man tut oder wie viel Vertrauen man hat oder wie viel man investiert.

Wenn man die Hoffnung verliert, stirbt man innerlich, und die Träume sind erloschen. Ich hatte keinen Grund, mich um weitere Interessenten zu bemühen. Meine Mutter wollte mir nicht bei der Auswahl meines Hochzeitskleides helfen, ich wollte nicht auf meinen Bräutigam am Altar warten. Keine Hochzeitsfeier, kein Wein, keine Musik, kein Tanz. Nichts. Weder hatte ich mich verliebt, noch war die Hochzeit von meiner Familie arrangiert worden. Es war alles fremd und leer, und ich war eine Frau, die ihrer Aufgabe beraubt war: die treue Frau des Mannes zu sein, den sie liebt. Sobald mir meine Gefühle und meine Träume verwehrt wurden, konnte ich auf nichts Besseres mehr hoffen. Ich konnte und wollte nicht einmal mehr hoffen.

Die einzige Frage, die ich mir immer wieder stellte, war: Wie kann man jemanden lieben, in den man sich nicht verliebt hat? Erst heute weiß ich, dass man wahre Liebe, die von Dauer ist, mit der Zeit lernt. Die Liebe ist kein Gefühl, das gewaltsam entsteht, sondern ein Gefühl, das uns lehrt, die Werte des anderen zu erkennen, und das durch den Kontakt vervollkommnet wird. Ein Gefühl, das ich gar nicht kannte, als Gott Joseph als meinen Ehepartner erwählte. Zu dieser Zeit war das einzige Gefühl, das ich hegte, eine Art Verzweiflung, da ich den Tod nicht finden konnte.

Die Verzweiflung wiederum ist in der Lage, Abgründe zu schaffen. Man hat immer etwas zu verlieren, auch wenn man denkt, dass man nichts mehr hat. Niemand ist jemals ohne etwas, solange er lebt. Es besteht immer die Wahrscheinlichkeit, dass etwas anderes passiert, etwas, das uns tiefes Bedauern über unsere Inkonsequenzen bringt. Ich, der auf den Tag der Übergabe an Josef wartete, war im Tempel geschützt. Wir fühlten uns alle sicher, denn es war nicht nur der Tempel des Herrn, sondern er wurde auch von der römischen Miliz von außen bewacht. Die Ältesten, die auf uns als Ehefrauen warteten, bezahlten die Wachen, um uns zu bewachen und zu beschützen, und dort, in einer dem Gebet gewidmeten Atmosphäre, sahen die Mauern wie Festungen aus, und wir schliefen tief und fest.

Wenn spät in der Nacht in einem Land, das sich im Krieg befindet, die Wachen, die die Mauern bewachen, in unsere Schlafsäle eindringen, denken wir zuerst daran, dass sie gekommen sind, um uns zu retten oder zu schützen, aber niemals, dass sie gekommen sind, um uns zu verletzen. Der Missbrauch ist so heftig, dass man ihn erst erkennt, wenn man ihn erlebt hat. Bis dahin haben wir davon gehört, wir wissen, was es ist, aber wir können uns nicht vorstellen, dass es auch uns passieren kann. Und wenn das passiert, wenn der Körper einer Frau von jemandem in Besitz genommen wird, den sie weder liebt noch begehrt, hat sie nicht das Gefühl, benutzt zu werden, sondern als würde man in sie eindringen. Seit dieser Nacht schlafe ich nicht mehr, träume ich nicht mehr, weine ich nicht mehr.

Die einzige Angst, die mir durch den Kopf ging, war die, was Joseph an dem Tag denken würde, an dem ich ihm übergeben wurde. Ich hatte keine Möglichkeit, ihm zu sagen, was mit mir geschehen war, denn in einer solchen Umgebung würde die Schuld immer bei mir liegen. Das Wort einer Frau, die von ihren Eltern verlassen wurde und in einem priesterlichen Tempel aufgewachsen ist, welche Bedeutung hätte es im Vergleich zum Inhalt des

Gesetzes? Also bat ich Gott wiederholt, dass er, wenn es ihn wirklich gäbe, die Gnade hätte, das Leben, das er mir gegeben hatte, zurückzunehmen. Ich wollte es nicht mehr, ich fühlte mich nicht mehr wie ein Wunder, und ich sah meine Schönheit nicht mehr als ein Geschenk an. Vielmehr fühlte ich mich tot, verflucht und verdammt.

Die Tage waren mechanisch und unerträglich lang. Ich habe nicht mehr gezählt, wie oft ich versucht habe, gegen mein Leben anzukämpfen, wie oft ich daran dachte, mich der Leere, dem Wahnsinn zu überlassen. Während der Bäder rieb ich meinen Körper mit Steinen ab, um alles, was nicht Joseph war, aus mir herauszuholen. Ich ging mit gesenktem Kopf und versuchte, meine Scham zu verbergen. Die Verzweiflung sucht zunächst Zuflucht im Glauben, im Gebet. Aber wenn das Gebet nicht erhört wird und die Tage vergehen, ohne dass sich etwas erneuert oder verändert, dann flüchtet sich die Verzweiflung in den Schatten, in den Tod, in den Wunsch, nicht zu existieren.

Diese Nacht hat nicht nur mich, sondern uns alle verändert. Es war eine zu schwere Last, die wir zum Schweigen gebracht hatten. Mein persönliches Leben begann sich zu verbessern, als Zacharias seine priesterliche Tätigkeit aufnahm. Wenigstens konnte ich jeden Tag mit Elizabeth sprechen. Doch als das Kind in Elisabeths Schoß heraussprang, erkannte ich, dass auch in mir etwas wuchs. Und mein Dilemma nahm zu. Warum ich? Warum nur ich? Keiner der anderen dachte, sie seien schwanger, nur ich. Und warum war das so? Als die Kleider meinen Bauch nicht mehr verbargen, gab ich Gott die Schuld und sagte mir, es sei deine Arbeit und deine Verantwortung.

Eigentlich wollte ich das Kind nicht verlieren. Selbst wenn das Gesetz mich schuldig sprechen würde, wäre das Kind in mir unschuldig. Innerlich war ich fest davon überzeugt, dass ich nicht gelogen hatte, als ich Joseph sagte, ich wisse nicht, was passiert sei und dass meine Schwangerschaft ein Wunder sei. Ein Wunder hängt davon ab, wer es beobachtet. Zwei Fremde, die Brot für viele teilen, sind kein Wunder, aber für die Hungernden ist es eines. Ich war dabei, ein Teenager zu werden, aber ich war nur ein verlassenes Kind. Unter solchen Umständen würde jeder alles glauben, auch wenn ich mich später zu Joseph bekenne und von ihm mehr als nur Unterstützung und Verständnis verlange.

Doch die Umstände entwickelten sich so, dass sie mich zwangen, dieses verdammte Wasser zu trinken, und die Verzweiflung, die Angst, meinen Sohn zu verlieren, zehrte an meinen Knochen, während sich meine Lippen Gott näherten und ich ihm alles erzählte, was ich nicht verbergen konnte. Vor mir lag meine Sünde, sei es, weil ich eine Frau oder eine Jüdin war, aber sie war ganz und gar meine. In meinen Tränen war aber auch die Hingabe meiner Mutter zu spüren. Dort, in der Verwirrung dieses schrecklichen und unbeschreiblichen Bildes, kümmerte ich mich nicht mehr um die Konsequenzen, die auf mich zukommen würden. Wenn wir ständig leiden, ist der Tod mehr als nur eine Erleichterung.

Meine Angst war die Qual, nicht zu wissen, was mit meinem Sohn geschehen würde. Er war bereits alles, was für mich zählte. Mir fehlten die Beine, meine Arme zitterten, aber ich musste auf die göttlichen Pläne und auf Joseph vertrauen. Nachdem wir darüber gesprochen und uns entschieden hatten, gingen wir in falscher Sicherheit zu dem Test, weil wir dachten, dass wir im schlimmsten Fall zusammen sterben würden. Auf meinem Gesicht lag eine Gewissheit des Friedens, aber in meiner Seele eine höllische Qual. Und während die Angst mich umfing, wurden meine Gebete von einer Präsenz unterbrochen, die weder menschlich noch göttlich war, sondern nur das, was für mich notwendig war, als ob die Zeit um mich herum stehen geblieben wäre.

- **Frau, wovor hast du Angst?** - sagte der Fremde zu mir.

- **Ich habe Angst vor dem, was aus dem Kind wird, das ich in meinem Bauch trage.** - Ich antwortete mit zitternder Stimme.
- **Dieser Beweis ist ein Urteil gegen Ihr Leben, nicht gegen das Leben des Kindes.** - Erklärte der Fremde.
- **Ich habe immer noch Angst. - Ich** argumentierte.
- **Für Sie oder für das Kind?** - fuhr er fort.
- **Für das Kind.** - Ich habe geantwortet.
- **Ich habe Ihnen gesagt, dass dem Kind nichts passieren wird.** - entgegnete der Fremde.
- **Aber wenn mir etwas zustößt, mir, der ich das Kind in meinem Leib trage, dann wird es unweigerlich auch dem Kind zustoßen.** - Ich versuchte, es mit durchnässter Stimme zu erklären.
- **Aber ich habe dir gesagt, dass dem Kind nichts passieren wird, also wird auch sein Träger sicher sein.** - sagte der Fremde.

Ich brach zusammen. Ich konnte meine Tränen nicht mehr zurückhalten und brach in Schluchzen aus. Wie war ein solches Wunder möglich? Ein Wunder, das sich nur in mir selbst manifestierte. Ein Wunder ist ja nichts anderes als die Lösung eines ganz bestimmten Leidens. Ich hatte keine Antwort, aber ich hatte keine Zweifel mehr. Ich ertrug die Tortur mit einer Hand, die sich an meinen Bauch klammerte, mit meinen Gedanken bei Gott und flehte ihn an, das Leben dieses Kindes zu bewahren, damit ich die Mutter sein konnte, die ich nicht hatte, damit ich es lieben konnte, wie ich nie geliebt worden war.

- **Möge es so sein, wie du es angefleht hast.** - Der Fremde hat mich unterbrochen.
- **Wer sind Sie?** - fragte ich.
- **Jemand, an den Sie vor so langer Zeit den Glauben verloren haben, der aber nie den Glauben an Sie verloren hat.** - Er sagte es mir.
- **Mein Herr!** - Ich rief erstaunt aus: "**Warum ich? Was wird aus Joseph? Er hat keine Ungerechtigkeit**

verdient! - fragte ich verzweifelt, Zweifel quälten mich und ich hatte so viel zu fragen.

- **Ich habe Ihnen gesagt, dass dem Kind nichts passieren wird.** - Er antwortete.

Ihre Stimme war verlässlich, mächtig in mir, als ob der Klang mehrerer Donner in meiner Brust widerhallte, aber draußen hörte niemand etwas, diejenigen, die mit mir zusammen diese Tortur überwinden wollten, wussten nicht, was in mir vorging, noch hatten sie eine Ahnung, mit wem ich sprach. Aber warum ich? Waren nicht alle anderen Opfer wie ich? Haben sie nicht genauso gelitten wie ich? Warum ich und nicht sie? Als uns die Nachricht erreichte, wussten wir, dass einige erbrochen hatten, andere bluteten, einige hatten eine Fehlgeburt. Sie alle tranken von diesem Wasser, während ich unversehrt blieb.

- **Du bist Maria, die vollkommene Mutter, ohne dass dir dein Sohn geboren wurde. Du hast ihn mit dem Wunsch geliebt, eine Mutter zu sein, und nicht als Frucht der Sünde. Die Sünde ist nicht immer die Geste, die vollzogen wird, sondern das Verlangen, das in der Geste vollzogen wird. Das Kind, das heute in deinem Schoß heranwächst, wird die Welt in zwei Teile teilen: vor und nach ihm. Das Besondere an ihm ist nicht göttlich, sondern ganz und gar menschlich. Er wird das Ergebnis der Liebe seiner Eltern sein. So wie ich heute dein Herz besänftige, besänftige ich auch den, der dein Ehemann sein wird, der betrübt in sein Haus zurückgekehrt ist, weil auch er dich vollkommen liebt, und die Liebe besiegt alles, auch die Vorurteile. Weder diese Prüfung noch irgendetwas anderes wird diesem Kind schaden, denn wenn der Tod es umgibt, dann deshalb, weil es beschlossen hat, dass es so sein soll. Das Leben, das in ihm entspringt, gehört ihm von Rechts wegen, weder dir, noch seinem Erzeuger, noch deinem Ehepartner, noch irgendeinem Priester oder Gesetz, das ihm das einfache Recht zu existieren entziehen könnte. Aus Ihrer Erfahrung**

heraus wird er das Gesetz auslegen, und mit der gleichen Liebe, die er in Ihrem Haus sehen wird, wird er die Welt lieben. Und genau diese Besonderheit wird den Unterschied ausmachen, der die Welt verändern wird, denn ein Messias, Maria, braucht keine Tempel, keine Abstammung, keine Blutsverwandtschaft, keine Gesetze oder Götter, sondern ein Beispiel, dem er folgen kann, einen Ort, den er sein Zuhause nennen kann. - Der Fremde sagte es mir.

- **Ich portiere den Retter im Mutterleib?** - fragte ich erstaunt.

Diese Präsenz verschwand so schnell, wie sie aufgetaucht war. Von dort, wo ich stand, konnte ich die schrecklichen Schreie meiner Freunde hören, die die Priester beunruhigten und sie zwangen, den Hügel hinaufzugehen, um zu sehen, was los war, während ich, gesund und munter, die Kraft dieses Kindes spürte, die mein Herz beruhigte. Sie sollte geweiht sein, sie sollte besonders sein, sie sollte nazarenisch sein. Nur so würde er unter meiner Obhut bleiben, in meinem Schoß, in meinen Armen, bis er bereit war, sich seinem eigenen Schicksal zu stellen. In einem Szenario völliger Unruhe stand ich mit der reinsten Ruhe in meinen Augen auf, überzeugt davon, dass der Herr mir das Geschehene vergeben hatte.

Ich klopfte mir den Staub von den Kleidern, bedeckte mein Haupt in Ehrfurcht, und die scheinbar falsche Ruhe, mit der ich meine Gebete begonnen hatte, war verschwunden und machte einem unüberwindlichen Frieden, einer unerschütterlichen Sicherheit Platz. Die Priester sahen mit Befremden zu, als sie meinen Freunden zu Hilfe eilten. Die kindliche Fantasie, die uns dazu gebracht hatte, die "Sekte der Reinen" zu erfinden, war nur noch in einem von uns vorhanden. Es war etwas zum Vergessen, und wir hatten das Schlimmste hinter uns.

- **Maria, bist du die Auserwählte?** - fragte Abigea.

- **Ich weiß es nicht. Was ich weiß, ist, dass ich keine Angst mehr habe.** - Das war die vernünftigste Antwort.
- **Bist du das, Maria? Gott sei Dank. Der Herr ist mit dir!** - rief Susana aus.

In den darauffolgenden Tagen sprach niemand mehr mit mir. Alle hatten eine gewisse Angst und Abscheu in ihren Augen, wenn sie mich ansahen. Es war mir egal. Elisabeth hatte mir die Türen ihres Hauses geöffnet, und das Zusammenleben mit einem Priester ließ die bösen Zungen verstummen, während ich mich ganz meinem Sohn widmete. Nach sechs Monaten holte mich Joseph ins Haus, aber der einzige Satz, den er zu mir sagte, war: "Möge der Wille des Herrn geschehen".

Mit Joseph unter einem Dach zu wohnen, war der glücklichste Moment meines Lebens nach dieser schicksalhaften Nacht. Ich wusch mich immer noch, indem ich meinen Körper mit etwas Rauem einrieb, ich weinte im Verborgenen, ich bestrafte mich selbst, aber als der Bauch wuchs, wuchs auch der Glaube und ich überwand meine Traumata, um die Mutter zu werden, die das Kind verdiente. In seinem Schweigen hatte Josef mich mit Zuneigung, Liebe und Schutz überschüttet, und seit wir zusammenlebten, wusste ich, dass ich nie eine so würdige Ehefrau sein würde wie der Mann, der mich erwählt hatte.

Mit der Zeit jedoch wurden aus den Tränen der Schuld für das, was mir widerfahren war, Reue für das, was ich Joseph angetan hatte, und an manchen Tagen fühlte ich mich sogar noch unreiner. In den Augen des Gesetzes war ich verflucht, und ohne den göttlichen Schutz würde ich viel mehr als nur Reue empfinden. Ich habe Joseph nie gefragt, und bis heute weiß ich nicht, ob die Priester ihn gezwungen haben, mich zur Frau zu nehmen, weil wir diese Tortur überstanden hatten, und ich glaube ehrlich gesagt, dass ich die Wahrheit nie erfahren möchte. Wenn ich ihn anschaue, sehe ich einen Mann, der sich seiner Familie widmet, der ein reines Herz hat und gottesfürchtig ist, aber wenn ich mich im Spiegel sehe, sehe ich nur eine Frau, die der Segnungen, die er erhalten hat, nicht würdig ist. Das ist die Wirkung des Gesetzes, eine Gesetzlichkeit, die uns langsam vernichtet.

Das Leben in diesem Zustand hat mich gleichzeitig beruhigt und aufgeregt. Ich befand mich dort, wo ich sein sollte und wollte, aber nur die notwendigen Worte von Joseph zu hören, um das Haus gut zu führen, verursachte bei mir ein Gefühl der Fremdheit, ein Gefühl der Minderwertigkeit. Es war, als wäre ich seine Verpflichtung, während er mein Ideal des perfekten Mannes und der perfekten Liebe war. Ich war mir bewusst, dass ich ihn nicht verdiente, aber es war nicht meine Unwürdigkeit, die mich misshandelte, denn ich würde es akzeptieren, unter jeder Bedingung zu leben, solange ich an seiner Seite bleiben könnte. Was mich verletzt hat, war die Verachtung. Sein Schrei, seine Ohrfeige, sein hasserfüllter oder trauriger Blick wären mir tausendmal lieber gewesen als dieser Blick, mit dem er am Boden lag und ins Leere blickte. Am Tisch war es, als ob seine Seele nicht da wäre. In den Nächten, die ich fast immer in Schlaflosigkeit verbrachte, tat ich so, als ob ich mich im Schlaf versehentlich über seine Brust lehnte, in seinen Armen, auf der Suche nach mehr Sicherheit als nach Vergnügen, denn ich kannte den Schmerz, aber noch nicht das Vergnügen. Und jedes Mal zog er sich liebevoll zurück, ließ meinen Kopf auf ein Stück Stoff sinken, und als er mich auf den Rücken rollte, liefen mir heiße Tränen über die Wangen, und ich stöhnte leise auf. Was ich erlebte, war nicht die Traurigkeit darüber, dass ich mich zurückgewiesen fühlte, sondern der Schmerz darüber, ihm nicht zu gefallen oder ihn nicht glücklich zu machen.

In gewisser Weise wusste ich wenig von dem, was er durchmachte. Das Fehlen eines öffentlichen Lebens hinderte die Menschen nicht daran, Josephs

Freundlichkeit zu missbrauchen und ihn öffentlich mit meiner Schande zu verletzen. Darüber zu reden, war unnötig. Ich wusste einfach jedes Mal, wenn er nach einem Arbeitstag an der Tür seines Hauses vorbeikam. Seine Miene war schwer, so dass es mir unmöglich war, ihn anzusehen. Meine Arme wollten zu ihm rennen, um ihn zu umarmen, während meine Beine mich an den Boden ketteten, denn wenn ich der Grund für seine Schande war, was würden meine Arme ihm nützen?

- **Maria?** - rief Joseph mir zu, als ich mich meinen Pflichten zu Hause zuwandte.
- **Ja, Joseph?** - Ich habe geantwortet.
- **Halt mich...** - fragte er mich.

Kaum hatte er das Gespräch mit mir beendet, hing ich schon an seinem Hals. Der Schmerz, der uns getrennt hatte, hatte uns schließlich einander näher gebracht, denn er war in diesem Moment das Einzige, was wir gemeinsam hatten, und für mich war das genug. Ich habe ihn nicht nur umarmt. Ich habe ihn geküsst, ich habe ihn gewaschen, ich habe ihn ausgezogen, ich habe mich hingegeben. Er war alles, was ich hatte, mein wertvollster Besitz, und endlich gehörte ich ihm ganz und gar, war nicht mehr nur seine Schande.

- **Wir sollten uns zunutze machen, was zur Zeit des Herodes geschah, und nach Ägypten fliehen.** - sagte Joseph zu mir, als wir uns ausruhten.
- **Aber was ist mit Ihren Sachen, Ihrem Hab und Gut, mit allem, was Sie von Ihren Eltern geerbt haben?** - fragte ich frustriert.
- **Quirino wird bald zur Vernunft kommen, und das ist unsere Chance, damit ich nach seiner Rückkehr das Kind auf meinen Namen eintragen lassen kann. Der Rest ist unwichtig. Einige meiner Cousins und Cousinen sind in der Nähe von Horeb, und wir können dort ein paar Tage bleiben, und wenn wir zurückkehren, werden wir in die Region Galiläa ziehen, wo man uns nicht kennt, um diesem Kind**

eine Zukunft fernab von Anschuldigungen und Vorurteilen zu ermöglichen. - Er antwortete mir mit einem Blick voller Liebe.

- **Sind Sie sich bei dieser Entscheidung sicher? Joseph, du hast schon zu viel gelitten, und ich möchte deinem Leben nicht noch mehr Leid hinzufügen.** - Ich argumentierte.
- **Maria? Liebst du mich? Nach allem, was uns widerfahren ist, habe ich euch in diesen Monaten beobachtet und euren Eifer und eure Furcht gesehen, und ich kann euch für das, was geschehen ist, nicht verurteilen, denn Gott hat euch sichtlich vergeben. Aber meine Frage ist: Liebst du mich?** - fragte mich Joseph.
- **Joseph, ich werde dir nie zeigen können, was ich für dich empfinde, denn während du treu auf mich gewartet hast, sind mir so viele Enttäuschungen widerfahren, dass sie meine Seele ertränkt haben. Dennoch liebe ich dich, denn all das hat nichts daran geändert, wer ich bin und welches Versprechen ich erhalten habe. Aber wie kann ich das zeigen? Ich habe mich Ihnen und Ihrer Familie gewidmet, die heute auch die meine ist. Mein Leben gehörte dir, ich habe geduldig auf deine Berührung gewartet und mich mit jedem Atemzug nach dir gesehnt. Sag mir, wie kann ich dir zeigen, was ich fühle?** - antwortete ich verzweifelt.
- **Du hast es gerade getan. Ich erkenne in Ihnen Ihre Aufrichtigkeit, aber ich verstehe den Grund für so viel Leid in unserem Leben nicht, und das schmerzt mich, denn selbst wenn man etwas dazu sagen könnte, weiß ich nicht, ob es etwas nützen würde. Das Leid bringt uns keine Lektion, sondern Bitterkeit.** - Er antwortete mir mit erschütterter Stimme.

Ich konnte ihn nur mit meinem ganzen Körper umarmen, ihn mit meinen Beinen festhalten, ihm das Gefühl geben, das Kind zu sein, das sich endlich in Frieden und Ruhe bewegte und in Joseph den besten

Vater erkannte, den ich mir wünschen konnte. Und wir wurden eins, indem wir unsere Essenzen vermischten.

- **Es war großartig, alles, jeder Moment...** - erwiderte ich atemlos.
- **Verzeih mir die Zeiten, in denen ich explodiere, meine Unsicherheit, du warst alles, was ich noch hatte.** - Abgelehnt Joseph.
- **Ich weiß, dass ich das, was du für mich getan hast, niemals zurückzahlen kann, aber was kann ich für dich tun? Sie sind in allem, was Sie tun, etwas Besonderes, ein Mann, den ich nur bewundern kann.** - Ich versuchte zu erklären, aber er unterbrach mich bereits.
- **Ich will nicht, dass du irgendetwas mit mir machst, außer dich freiwillig als meins zu fühlen.** - sagte Joseph.
- **Aber ich bin es, Joseph.** - Ich habe geantwortet.
- **Maria, ich will nur, dass du, wenn ich das Haus verlasse, um zur Arbeit zu gehen, mich in den Arm nimmst, als würdest du mich nie wieder sehen; dass du, wenn ich an der Tür stehe und dich mit dem Blick von jemandem ansehe, der nicht gehen will, mich mit dem Wunsch ansiehst, dass ich bald zurückkomme; dass du dich, wenn ich durch die Tür gehe, auf meinen Körper wirfst, mich begehrend und zu mir gehörend; dass jedes Mal, wenn du mich ansiehst, deine Augen beschlagen, die Tränen fließen lassen, mir zeigen, dass du nicht weißt, wie du ohne mich leben sollst.** - Du sagst mir auf diese Weise, mit diesem Ton, den nur ich kenne, den nur ich gefunden habe, dass du ganz mir gehörst.

Joseph plante daraufhin, das Haus zu verlassen, das seit mehreren Generationen im Besitz seiner Familie war. Und es tat mir weh, alles zurückzulassen, denn ich fühlte mich in irgendeiner Weise verantwortlich für die Entscheidung, die er treffen musste, auch wenn es das Beste für das Kind war, ich weiß, wie schwer es für ihn selbst war, und das gab mir ein völliges Gefühl der Wertlosigkeit.

Um seinen Kindern und seiner Familie seine abrupte Entscheidung zu erklären, erzählte Joseph ihnen von einem Traum, in dem er im Sinne Quirinos eine Rechtfertigung dafür sah, in Israel zu wiederholen, was Herodes Jahre zuvor getan hatte, und so hatte er beschlossen zu fliehen, um mich vor jeglicher Gewalttat zu schützen. Nachdem wir unseren Plan besprochen hatten, beschlossen wir, die von Joseph geerbten Immobilien nicht zu verkaufen und sie den Kindern aus seiner ersten Ehe zu überlassen. Die Angst verzehrte mich und ich fühlte mich immer schuldig. Meinetwegen gab Josef alles auf, was er besaß, und machte ein Geschäft mit seinen Cousins, die in Ägypten Schafe hüteten.

Ich, die ich nur fliehen wollte und mein Gesicht aus Scham und nicht aus Angst bedeckte, schämte mich für nichts mehr. Ich hatte immer noch das Gefühl, nicht die Frau gewesen zu sein, die Joseph verdient hatte, aber dieser Mann mit seinem demütigen und müden Gesicht beugte sich meiner Kleinheit, und ich folgte ihm blindlings und versuchte, in seinem Leben keine größere Last zu sein. Wir hatten jedoch keine Ahnung, wann wir reisen sollten und was der beste Zeitpunkt wäre. Wir waren uns sicher, dass der beste Zeitpunkt die Nacht sein würde, denn die anderen Bekannten würden uns nicht fliehen sehen und wären von unserer Abwesenheit überrascht. Ich hatte das Haus seit zwei Monaten nicht mehr verlassen, der Bauch ließ sich nicht verstecken, und wir versuchten, neue Skandale zu vermeiden.

- **Maria, wir sollten jetzt gehen. Sind die Dinge bereit?** - Joseph hat mich mitten in der Nacht geweckt.
- **Joseph? Warum gerade jetzt? Es ist tiefe Nacht.** - Ich habe geantwortet.
- **Komm und sieh es dir hier am Fenster an. Mars leuchtet heller als jeder andere Stern. Ich bin kein Astrologieexperte, aber ich glaube nicht, dass es sich**

um ein gewöhnliches Ereignis handelt. Das Problem ist, dass, wenn ich die Helligkeit des Mars als Zeichen sehe, alle anderen in Israel den gleichen Eindruck haben werden, und wir sollten besser sofort fliehen. - Er antwortete mir.

Als ich die Helligkeit des Mars am Himmel sah, trat mir das Kind in den Bauch, und ich eilte mit Joseph aus dem Haus. Wir ließen alles andere zurück, trugen nur ein paar Kleider, Joseph ging zu Fuß, um zwei Schafe und eine Kuh zu führen, um das Kind mit Milch zu versorgen, und ich ritt auf dem einzigen Lasttier, das wir besaßen, denn alle anderen hatten wir verkauft, um etwas Geld bei uns zu haben, und so machten wir uns auf den Weg, der ganz vom Mond und von jenem Schein, den der Mars ausstrahlte, erleuchtet war. Kurz vor der Stadt war die Wüste frei. Es war nicht dunkel, nichts konnte sich verstecken, und so beschlossen wir, nicht durch Samaria zu gehen, sondern die Straße am Toten Meer entlang nach Bethlehem zu nehmen, wo Joseph geboren wurde.

Dieser Weg ist zwar länger als der durch Samaria, erspart uns aber die nächtlichen Rundgänge, die die römischen Wachen wegen der ständigen Konflikte und der hebräischen Miliz bei den Samaritern zu machen pflegten, und über Jericho ist die Lage ruhiger. In Bethlehem könnten wir eine kurze Pause einlegen, bei Josephs Verwandten etwas essen und dann noch ein paar Kilometer weiter nach Ein Gedi fahren, aber unsere Pläne änderten sich plötzlich. Als wir Jericho passierten, fing das Kind wieder an zu treten und die Schmerzen wurden immer stärker. Und zwischen Bethlehem und Ephrath konnte ich es nicht mehr aushalten.

- **Joseph, ich muss aufhören.** - sagte ich.
- **Was ist passiert?** - fragte er besorgt.
- **Ich glaube, dass es an der Zeit ist und dass das Kind in mir die Welt sehen will. Es ist eine wunderschöne Nacht.** - erwiderte ich atemlos.

- **Ich verstehe. Können Sie noch ein wenig länger durchhalten? Wir sind fast in meiner Stadt.** - fragte Joseph mich.
- **Das glaube ich nicht. Wir müssen einen Ort finden, an dem wir geschützt sind, und, wenn möglich, helfen.** - Ich habe geantwortet.
- **Mein Vater hatte ein Grundstück in dieser Gegend. In der Nähe der Stelle, an der er seine Herde zum Fressen brachte, gab es eine Höhle, in der meine Brüder und ich eine kleine Überdachung gebaut hatten, um uns vor dem Regen oder der Hitze zu schützen. Ich werde es mir ansehen.** - antwortete er, während er wegging.

In dieser klaren Nacht, die weißer war als alle anderen, sollte mein Sohn geboren werden. Ich wusste, dass er ein schöner Mann sein würde. Die Stille war ohrenbetäubend, meine Beine zitterten, und der kleine Esel war so brav und treu gewesen. Endlich würden wir uns treffen: mein Kind und ich. Tränen liefen mir über das Gesicht, als ich mich an all das erinnerte, was ich durchgemacht hatte. Wenn wir eine schmerzhafte Straße überqueren, bemerken wir nicht, dass Gott an unserer Seite ist, aber dort, in dieser leeren Nacht, erkannte ich, wie nahe er mir immer gewesen war. Ich glaube an einen solchen Gott, der Flüche in Segnungen verwandelt. Ein Leben kann niemals verflucht werden, und mein Sohn würde nicht wegen dem, was mir widerfahren war, sterben.

Und so erreichen wir Ägypten nie. In Gottes Plänen gibt es keine Zufälle, das ist nur die menschliche Art, das Göttliche zu interpretieren. Die Prophezeiung Bileams hat sich in meinem Sohn so natürlich erfüllt, dass sie, wenn sie geplant gewesen wäre, nicht genau so eingetreten wäre. Gottes Pläne für Jesus waren in Israel und nicht in Ägypten, oder vielleicht sollte man besser sagen, dass Gottes Pläne für Israel sich in Jesus erfüllt haben.

- **Ich habe es gefunden! Heute wohnt nebenan eine Familie, die leider keine Möglichkeit hat, uns aufzunehmen, aber die Höhle ist noch genau so, wie ich sie in Erinnerung habe.** - Joseph sprach eilig.
- **Dann lasst uns gehen, es macht nichts, solange wir uns einig sind.** - Ich habe geantwortet.
- **Maria, wie stark du bist, verzeih mir meine Distanz während dieser Monate.** - sagte Joseph zu mir.
- **Es ist nicht wichtig, Joseph, was für mich zählt, ist, dass ich dein bin, dass wir zusammen sind, dass du mich nicht aufgegeben hast! In deiner Ferne liebte ich dich in der Stille, und in deiner Stille liebte ich dich aus der Ferne.** - Ich erklärte.

Als ich mich auf dem Esel aufrichtete und meinen Satz beendete, hielt mich Joseph in einer zärtlichen, warmen, süßen Umarmung. Und so habe ich mich zum ersten Mal geliebt gefühlt. Ich wollte mich zurückhalten, aber es war unmöglich. Die Tränen flossen durch meinen Mund.

- **Was ist passiert, Maria?** - fragte mich Joseph, der mich in seinen Armen hielt und versuchte, mein Weinen zu verstehen.
- **Halt mich einfach fester!** - fragte ich, schmiegte mich an seinen Hals, rieb meine Lippen an seinem Bart, roch seinen Duft und presste meinen Körper an seinen.
- **Maria, ich wusste nicht, dass ich dich so schlecht behandelt habe.** - Er sagte es mir.
- **Joseph, du hast mich nie verletzt. Heute weine ich, weil ich spüre, wie sehr ich dich verletzt habe.** - sagte ich zu ihm.
- **Du hast mich auch nie verletzt, es war nicht deine Schuld. Mein Zorn richtete sich gegen Gott.** - Joseph antwortete mir.

Zu diesem Zeitpunkt war ich schluchzend in einem solchen Tumult verloren. Die Zweifel, die Revolte, der Hass wurden ausgelöscht. Dort, in diesen dreißig Metern, in denen Joseph mich in seinen Armen trug, hatten wir den intensivsten Dialog, den wir uns in den letzten fünfzehn Jahren verweigert hatten. Der Schmerz hatte mich so weit reifen lassen, dass ich in Joseph alles sah, was ich nicht nur brauchte, sondern auch immer gewollt hatte. Er war meine Welt und mein Ein und Alles, das ich gerade entdeckt hatte.

- **Joseph, es vergeht kein Tag, an dem ich mir nicht dieselbe Frage im Gebet stelle. Aber ich möchte, dass du weißt, dass ich mein Gesicht und meinen Körper aus Respekt vor dir verborgen habe, dass ich aus Respekt vor dir nie einem anderen Mann in die Augen gesehen habe, dass ich aus Respekt vor dir nie einen anderen nackt gesehen habe. Meine besten Tage waren die, an denen du mich im Tempel besucht hast. Ich sah dich aus der Ferne an und wollte dich, weil ich wusste, dass ich bereits zu dir gehörte, auch wenn ich weder die Motive noch den Grund für das Verlassen meiner Eltern verstand. Aber auch wenn wir uns nicht näher kommen konnten, wusste ich in meinem Inneren, dass das, was ich als Mensch, als Frau und als Ehefrau werden würde, eine Erfahrung war, die ich nur mit dir machen wollte. Und nichts hat meine Sichtweise auf dich verändert. Nichts. Das Einzige, was sich in mir verändert hat, ist, dass ich angefangen habe, dich mehr zu lieben, ich habe gelernt, dich zu lieben, auch in deinem Schweigen, in deiner Distanz. Ich verstand Ihren Schmerz und bewunderte Sie noch mehr dafür, dass Sie mich mit solcher Zärtlichkeit akzeptierten und eine resignierte Revolte lebten. Ich habe mich nicht vor meiner Scham versteckt, ich wollte nur angenommen werden und Teil deines Lebens sein, und so habe ich die Heiligkeit gelebt, die du verdient hast, ich wurde die Person, die du dir gewünscht hast. - Ich** erzählte es ihm dicht an seinem Ohr, meine Stimme ging in Tränen und Schmerz unter, als er mich unterbrach.
- **Jetzt reicht es aber!** - Joseph sagte unter Tränen zu mir, während er bereits mein Haar badete: "**Du bist alles und viel mehr als das, was ich mir erträumt habe.** - Er

beendete das Gespräch, indem er sein Gesicht dicht an meins legte und meine Stirn küsste.

Behutsam und sanft setzte er mich auf den Boden. Ich lehnte mich an eine Art Mauer, von der ich erst später erkannte, dass es die Stelle war, an der die Hirten den Tieren Wasser gaben. Auf der Innenseite des Felsens, einem Eckstein, der aus dem Hügel ragte, improvisierte Josef ein Bett mit unseren Kleidern. Die Frau, die im Haus nebenan wohnte, kam, um uns zu helfen, und unter einem weißen Himmel, in dieser trockenen Wüste, umgeben von ein paar Tieren, fühlte ich mich wohl. Dort, meine Augen auf Joseph gerichtet, die ganze Zeit seine Hand haltend, die schönste Liebesgeschichte aufbauend, die die Welt nicht kennen würde, schwankte ich zwischen Lächeln und Stöhnen.

In dieser kleinen Höhle erinnere ich mich nur an das Gebet, das ich gesprochen habe. Das Leben kann nichts Schlechtes hervorbringen, denn Gott ist das Leben, und mein Sohn kann weder ein Fluch noch eine Last noch eine Sünde sein. Er war nur mein Sohn, und das Geschenk des Lebens kommt von Gott. Beinahe kraftlos erhob ich, die ich zuvor völlig ungläubig war, dass mir jemals etwas Gutes widerfahren könnte, meine Augen zu dem Licht, das den dunklen Himmel jener Nacht erhellte, und gab alles für dieses Kind, in das ich all meine Hoffnung gesetzt hatte, und ich dankte Gott und betete:

- **Wirf deine Augen auf mich, wende dein Gesicht... nur so werde ich Frieden haben. Wende dein Gesicht, damit ich dich sehen kann, aber vor allem, damit ich von dir gesehen werde. Wärme mich in deinen Armen, zeige mir den richtigen Weg, lass mich weitergehen. Was bin ich ohne dich? Was kann ich ohne deine starke Hand tun? Mein König, mein Fürst, mein ganzer Schatz. Meine Augen verfolgen die deinen. Finden Sie mich. Mach mich zu deiner geheiligten Wohnung, zu dem Ort, an dem wir uns immer und in jedem Augenblick begegnen. Nimm mich auf. Nur**

deine Gnade hilft mir. Entdecke mich, erobere mich. Ich brauche dich. Ohne dich bin ich Stroh im Wind, lose Gedanken, unverständliche Worte. Ich will dich, ich begehre dich, ich brauche dich. Komm, mein einziger Freund. Nur an deiner Seite finde ich Gründe zum Weitermachen.Sieh mich an...

Und während ich dieses Gebet beendete, senkte sich mein Blick, der fest auf Josephs Gesicht gerichtet war, langsam zu Zelomi, die uns half, und ich versuchte herauszufinden, woher dieser Schrei kam. Mein Körper war völlig betäubt, ohne Kraft, aber meine Augen verfolgten diesen Schrei, bis sich unsere Blicke verschränkten. Plötzlich war nichts anderes mehr wichtig, als dieses Kind in meiner Brust aufzunehmen, und ich spürte, dass Gott mich durch ihn ansah, es war, als ob der ganze Himmel in dieser Höhle war.

- **ES IST ein Junge, es ist ein Junge!** - jubelte Joseph.
- **Ich weiß, ich wusste es immer...** - Ich antwortete fast kraftlos.
- **Wie wird Ihr Name lauten**? - fragte mich Joseph.
- **Er wird Jesus genannt werden, denn alles, was er tun wird, wird göttlich sein**. - Ich habe geantwortet.

Josephs Freudenschreie haben mich nicht verwundert. Mit oder ohne Offenbarung wusste ich, dass er ein Junge war, und ich wusste, wie besonders er war, und ich liebte ihn auch ohne Kraft. Ich habe ihn geliebt, mit all der enormen Traurigkeit, die in einer einzigen Nacht von mir wich. Dieses Kind, das gerade geboren worden war, vollbrachte das erste und größte seiner Wunder: Es löste die Einsamkeit und die Traurigkeit auf, die mich bis zu dieser Nacht umgaben.

In dieser Nacht hatte dieses unschuldige Kind diejenigen versöhnt, die ich Vater und Mutter nennen würde, und jedes Jahr des Leids, das ich erlebt hatte, ausgelöscht. Josef nahm ihn in die Arme, als wären sie eins, als hätten sich Vater und Sohn erkannt. Es mag sein, dass dieses Kind der Retter dieser verdorbenen Menschheit ist, aber Joseph war mein persönlicher Retter, und es war unmöglich, ihn nicht zu lieben. Mit ihm habe ich nicht nur eine Familie gegründet, sondern mir wurden auch meine Sünden vergeben. Vergebung zeigt sich auf vielerlei Weise, wenn wir unsere Augen von Vorurteilen befreien. Joseph hatte meine Seele durch seine Liebe und sein Wesen gewaschen.

Die vielen Monate, in denen ich den Aufruhr seiner Eifersucht und die Selbstvorwürfe hörte, die er sich machte, weil er mich jemandem anvertraut hatte, der nicht vertrauenswürdig war, wurden in dieser Nacht von seinem breiten Lächeln übertönt. Früher war nicht jeder Tag ein guter Tag, aber die guten Tage waren in der Lage, alle schlechten Tage der Vergangenheit auszulöschen, und obwohl ich wusste, dass er sich hin und wieder auflehnen würde, zog ich seine Gesellschaft vor, um jeden Tag seines Sturms zu ertragen und auf die Tage der Ruhe zu warten. Aber nach der Geburt Jesu war jeder Tag ein Tag der Ruhe, der Leidenschaft und der Intimität. Schmerz und Trauma wurden aufgehoben, und das Nähen unserer Ehe war sein größtes Wunder, es war, als würde er bitteres Wasser in einen besonderen Wein verwandeln.

JOSEPH

- Sir, es ist unerträglich geworden. Es ist, als wären wir Schatten. Es ist, als ob die Zeit durch uns hindurchgeht, während wir statisch, unbeweglich bleiben. Nichts ändert sich, nichts wird transformiert. Wir brauchen nur ein altes Lied zu hören, und schon kommen uns die Tränen. Wir fühlen uns abgelehnt, ausgelöscht, verachtet. Jeden Tag ist es, als würde man auf Keramik- und Glasscherben laufen und auf Nägeln und Dornen kauen. Ich kann diese Gleichgültigkeit nicht länger ertragen. Ich schaue mich um und sehe Menschen, die lächeln, sich küssen, existieren. Ich schaue in mich hinein und sehe Ruinen, Wüsten, Leichen. Sie ist bereits jenseits des Aufgebens, bereits jenseits einer einfachen Tortur. Mir fällt nichts als Ablehnung ein. In meinem Herzen herrscht nichts als Traurigkeit. Das Lächeln unterdrückt das Weinen in der Brust. Ich kaschiere meine Beschwerden, indem ich bestimmte Fehler verdränge, in die entgegengesetzte Richtung schaue, ignoriere, was ich nicht ändern kann, und so tue, als wäre ich stark. Ich kann nicht einmal mehr meine eigenen Sünden ertragen. Die ganze Zeit möchte ich fliehen, gehen, sterben? in den Staub zurückkehren. Dann wird die Angst immer größer: Es scheint, als ob nicht einmal der Tod mich will. Ich setze mich hin, spiele ein Instrument, probe ein paar Lieder, aber meine Lippen sagen etwas, was mein Herz bezweifelt. Ich kann nicht lügen, ich habe niemanden zu betrügen. Ich preise mit Unsicherheit, mit Ängsten, mit Furcht. Ich habe Angst, dass etwas Schlimmeres auf mich zukommt. Ich lebe achtsam, wachsam, neurotisch. Unhöflichkeit hat mein Haar weiß gemacht, meine Augen gealtert, meine Haut gezeichnet, meine Gedanken traumatisiert. Ich habe das Tal der trockenen Knochen immer wieder gelesen, und ich ähnle diesen Knochen, mit dem Unterschied, dass meine Knochen nicht zusammenwachsen und auch mein Fleisch nicht lebendig wird. Ich suche nach Unterstützung, nach Hilfe, aber es ist für jeden von uns schwierig, allein zu gehen. Wenn ich nicht gehen kann, wie kann ich dann unterrichten? Wem kann ich helfen? Ich habe mich an Tragödien gewöhnt. Manchmal gehe ich nachts ein bisschen raus, atme andere Luft, schaue in den Himmel. Aber ich schaue mir die Sterne nicht an, ich betrachte nur die Leere. Es ist, als ob der Himmel seine Fenster geschlossen hätte. Ich würde gerne springen und an diesen Fenstern kratzen, die mich von der Unendlichkeit trennen. Aber da ich klein bin und der Himmel sich nicht öffnet, schreie ich, aber niemand hört mich. Diejenigen, die mich kannten, haben mich bereits vergessen. Diejenigen, die mich gehasst haben, haben mich bereits entlastet. Diejenigen, die mich geliebt haben, haben mich im Stich gelassen. Niemand schenkt mir mehr Beachtung. Ich lasse mich auf manche Dinge ein, um der Realität zu entkommen. Aber wenn ich zurückkomme, ist alles noch schlimmer. Ich bin zu einem Vorwurf geworden, und die Leute gehen kopfschüttelnd an mir vorbei. Ich mache mir dein Gesetz zu eigen: Wer weiß, ob nicht doch noch etwas passiert? Ich lese einige alte Bücher wieder, blättere sie durch. Doch es sind nur Erinnerungen, nostalgische Erinnerungen. Das Nichts ist die dauerhafteste Gewissheit. Heute bekenne ich meinen Groll. Es ist besser, authentisch zu sein, als sich hinter einer Fassade zu verstecken: Nichts läuft mehr richtig und es gibt keinen Frieden mehr. Deshalb gebe ich mich hin, offenes Buch, wer weiß, ob ich dann ein Publikum habe? Lauf mir entgegen, komm aus deinem flüchtigen Refugium und komm zu mir, ich bin kurz vor der Ohnmacht...

- **Joseph? Was ist passiert?** - fragte mich Maria und unterbrach mein Gebet.
- **Seit sechs Tagen sind wir in dieser Herberge, morgen müssen wir Jesus mitnehmen, um ihn im Tempel vorzustellen und ihn zu beschneiden, und ich weiß nicht, wie ich ihn züchten soll, denn es ist auf jeden**

Fall ein Wunder, ein Wunder, das ganz uns gehört! - rief ich aus.

- **Ein Schritt nach dem anderen, Joseph, denn derjenige, der am meisten an der Entwicklung und Erziehung dieses Kindes interessiert ist, ist Gott selbst.** - Maria antwortete.

Die Tage, die wir dort verbrachten, waren gut und friedlich. Wir waren weit weg von den Anschuldigungen, und ich konnte in Maria zum ersten Mal eine Frau sehen, die nicht mehr über ihre eigenen Traumata nachdachte. Also begann ich, unsere Sachen zu organisieren, um nach Jerusalem zu fahren und das Kind dort zu präsentieren. Ich sah ihn besorgt an, ich war alt und wusste nicht, ob ich an seiner Seite bleiben konnte, bis er ein Mann war.

Als es Abend wurde, kam Salome, die andere Frau, die Zelomi bei der Geburt geholfen hatte, zu uns.

- **Herr Joseph, einige Männer kamen und fragten uns, ob wir Sie gesehen hätten.** - sagte Salome besorgt.
- **Sind Salome Hebräer? Galiläer oder Samaritaner?** - fragte ich beunruhigt.
- **Nein, sie sind Perser.** - antwortete sie.
- **Perser!** - rief ich erstaunt aus.
- **Ja, und sie sind reich. Sie sagten, sie seien gekommen, um das Kind zu besuchen.** - bekräftigte Salome.
- **Um Geld mache ich mir keine Sorgen, Gott sei Dank haben wir alles, was wir brauchen. Sie sagten, Sie hätten uns gesehen?** - fragte ich.
- **Ich konnte sie nicht anlügen oder sie auffordern, dorthin zurückzukehren, woher sie gekommen waren. Sie verfolgten die Geburt aus der Ferne. Sie sagten, dass sie während der Geburt des Kindes einen himmlischen Gesang hörten, und das Licht, das aus der Höhle schien, war intensiv und weiß, fast engelsgleich.** - sagte Salome.
- **Aber, klar. Es war Nacht und alles war dunkel, natürlich leuchtete das Licht auf eine seltsame Weise für diejenigen, die es aus der Ferne betrachteten.**

Aber was könnte dieser Gesang sein? - fragte ich.

- **Du, Joseph, als du Jesus in die Arme nahmst, hast etwas Wunderbares gesungen und gesagt, dass diese Nacht anders ist als alle anderen.** - Unterbrochen von Maria.
- **Es ist nur der Text der Passah-Nacht, den wir traditionell als Familie singen, um die große Befreiung in Ägypten zu feiern.** - Ich habe geantwortet.
- **Du bringst diese Männer besser her, Salome.** - Voraussichtliche Maria.
- **Gut, ich gehe jetzt.** - Antwortete Salome.
- **Warten Sie. Was werden wir Maria sagen? Wir haben nicht einmal etwas zu bieten.** - Ich habe sie unterbrochen.
- **Lerne, auf Gott zu vertrauen, Joseph. Geh, Salome, und bring sie bitte mit.** - sagte Maria.

Salome ging eilig weg, während ich in die Krippe ging, um einen Tisch oder etwas anderes zu improvisieren, das der Atmosphäre einen häuslichen Aspekt geben würde und wir so diese Leute empfangen könnten. Aber da war nichts als Heu und Steine und der kleine Esel, der mit der Kuh mit Jesus spielte, als ob er sich um ihn kümmern würde.

- **Siehst du, Joseph? Es sind Details wie diese, die den Unterschied ausmachen!** - rief Maria aus.
- **Welche?** - fragte ich.
- **Hier sehe ich nun die Prophezeiung von Habakuk erfüllt.** - Maria antwortete.

Ich sah mir das Bild an und fühlte mich nicht nur an Habakuk, sondern auch an die Worte Jesajas erinnert.

- **Ich verstehe, Maria. Aber die Menschen sehen die Welt nicht mit Ihren Augen.** - Ich habe geantwortet.
- **Und selbst ich habe das nicht so gesehen, Joseph. Er, Jesus, hat mein Lied verändert.** - sagte Maria.
- **Maria, sie kommen immer näher.** - Ich sagte es ihr und deutete auf drei Personen, die sich zusammen mit

Salome näherten.

- **Wir kommen in Frieden.** - sagte Baltasar.
- **Willkommen im Namen des Herrn.** - Ich habe ihnen geantwortet.
- **Mein Name ist Baltasar, das ist Belchior und das ist Gaspar. Wir gehören zu den Heiligen Drei Königen, und als wir das Leuchten des Mars sahen, der direkt auf Israel gerichtet war, wussten wir, dass etwas geschehen würde.** - sagte Baltasar.
- **In welchem Sinne "geht etwas vor sich"?** - fragte ich.
- **Kennen Sie die messianische Prophezeiung?** - fragte mich Gaspar.
- **Es handelt sich natürlich um eine hebräische Prophezeiung.** - Ich habe geantwortet.
- **Falsch, das ist eine universelle Prophezeiung.** - sagte Belchior.
- **Als die Prophezeiung an unsere Vorfahren erging, existierten wir noch nicht als Völker, sondern als eine einzige Zelle, ein einziger Urstamm.** - fügte Gaspar hinzu.
- **Deshalb wird diese Prophezeiung in allen alten Völkern wiederholt.** - sagte Baltasar.
- **Nimrod, Tammuz, Osiris, Mithra, Dionysos, alle sind Typen der gleichen Prophezeiung.** - sagte Belchior.
- **Mit dem Unterschied, dass sie in Israel nie erfüllt wurde. Genau die Menschen, die nach Ihrer eigenen Aussage die Erben einer solchen Verheißung sein würden.** - sagte Gaspar.
- **Alle von den Heiden verehrten Götter sind also Figuren ein und derselben Person?** - fragte ich erstaunt.
- **Sie alle sind Teil der gleichen Prophezeiung auf der Suche nach dem wahren Opfer.** - sagte Baltasar.
- **Aufopferung?** - fragte Maria.
- **Der Messias ist niemand anderes als derjenige, der das Gericht, das Gott über die gesamte Menschheit verhängt, auf sich nimmt.** - erwiderte Belchior.
- **Wie meinen Sie das?** - fragte Maria.
- **Der Messias stirbt, damit die Menschheit nicht verdammt wird.** - erwiderte Baltasar.

Unwahrscheinlich, dass Marias Atmung flach wurde und sie, als sie ihre Kräfte verlor, völlig ohnmächtig wurde. Ich, der ich alles mit anhörte und immer noch nicht den Zusammenhang zwischen der Anwesenheit dieser Männer und der Geburt Jesu herstellen konnte, verstand die Botschaft, als ich die blasse Verzweiflung auf Marias ohnmächtigem Gesicht sah. Das Gespräch wurde stundenlang fortgesetzt, während ich mir Sorgen machte und darauf wartete, dass Maria aufwachen würde. Tatsächlich konnte ich kaum akzeptieren, was sie mir sagten, aber ich musste warten, bis Maria wieder in die Diskussion einstieg.

- **Jeder dieser Männer, dieser toten Götter, war also ein Messias, der in den Kontext des Volkes gestellt wurde, dem er angehörte?** - fragte ich.
- **Ja. Da die Prophezeiung in einer weit zurückliegenden Zeit verkündet wurde, deren Vorgeschichte wir kennen, sollte die messianische Verheißung im Kontext des jeweiligen Glaubens und der jeweiligen Kultur, zu der diese Verheißung gehörte, dargestellt werden.** - erklärte Baltasar.
- **Und jetzt manifestiert sie sich in Israel in der Person unseres Sohnes? Aber wir haben David.** - Ich habe geantwortet.
- **Euer König David gab nicht sein eigenes Leben, sondern nahm das Leben seiner Feinde. Aus diesem Grund wurde er als unwürdig erachtet, den Tempel zu bauen, den ihr für den Steinberg in Jerusalem haltet, obwohl die Propheten Israels deutlich gemacht haben, dass ihr die Wohnung und die Residenz des Allerhöchsten seid, oder nicht? David konnte den Tempel nicht bauen, weil sein eigener Tempel, d. h. er selbst, mit dem Blut anderer Menschen verunreinigt war, oder hat Gott das nicht selbst zu David gesagt?** - sagte Belchior und befragte mich.
- **Außerdem, Joseph, ist dieses Kind nicht dein Kind. Zumindest nicht Ihre. Und als er von den bitteren Wassern verschont wurde, hörte er auch auf, Marias Sohn zu sein.** - sagte Gaspar.

- **Es ist wahr, Joseph.** - sagte Maria, immer noch benommen, auf meinem Schoß liegend.
- **Wie? Du kannst diesen Wahnsinn nicht glauben, Maria, das ist Ketzerei. Was werden uns die Priester sagen? Was werden sie vielmehr mit unserem Sohn machen? Wissen Sie, wie viele Revolten es heute gibt und wie sie zum Schweigen gebracht werden?** - fragte ich.
- **Als wir diese Prüfung durchmachten und kurz davor waren, alles aufzugeben und zu verlieren, sprach jemand zu mir, ich weiß nicht, ob in Gedanken oder nicht, aber er sagte mir, wer Jesus sein würde und was er tun sollte.** - Maria antwortete.
- **Und deshalb sind wir heute hier.** - Sagte Baltasar.
- **Aber woher wussten Sie das alles?** - fragte ich.
- **Wir haben deine Propheten richtig gelesen und gedeutet, und wir wussten, dass dieses Kind in der Nähe von Bethlehem geboren werden sollte, umgeben von zwei Tieren.** - sagte Gaspar.
- **Und wir sind hier, um sie mit uns zu nehmen.** - sagte Belchior.
- **Ganz und gar nicht. Niemals.** - rief ich.
- **Maria?** - sagte Baltasar und sah sie fest an.
- **Wir möchten Ihnen alle unsere Künste beibringen, damit sie Ihnen bei Ihrem Dienst helfen können. Wir möchten, dass Sie lernen, das Gesetz so zu lesen und auszulegen, wie wir es ausgelegt haben, und zwar auf die Weise, die uns heute hierher gebracht hat.** - erklärte Gaspar.
- **Morgen müssen wir ihn in den Tempel bringen und beschneiden. Wie sollen wir das tun? Das ist unsere Chance, ihn auf meinen Namen zu registrieren. Es ist unser Wunder, wir haben ihn gerade empfangen.** - Ich antwortete, immer noch ratlos, und suchte nach einer Ausrede, um Nein zu sagen.
- **Sie können mit allen traditionellen Ritualen fortfahren, nicht zuletzt, weil sein Name morgen bei der Beschneidung offiziell vergeben wird.** - sagte Belchior.
- **Und am nächsten Tag brachen wir nach Persien auf.** - Sagte Baltasar.
- **Wenn er das siebte Lebensjahr erreicht hat, werden wir

ihn zurückbringen. Seine Studien werden hier ohne unsere Anwesenheit fortgesetzt. Bis dahin haben wir ihm alles beigebracht, was er braucht, und der Rest liegt bei Ihnen. - sagte Gaspar.

- Aber er ist ein Baby, gerade geboren. Wie können Sie diese Reise ohne Ihre Mutter antreten? - fragte ich.
- Eigentlich sind wir in einer großen Karawane gekommen, unsere Frauen warten in der Stadt auf uns, und wir haben dafür Ammen. Wir sind vorbereitet. - sagte Baltasar.
- Das ist verrückt. - sagte ich und sah Maria an.
- Joseph, das kann kein Zufall sein. Ich glaube nicht an einen Gott, der auf diese Weise arbeitet. Sieh dich um, Joseph. Wir wissen, wie ich ihn gezeugt habe, und doch sind wir hier. Wir waren auf dem Weg nach Ägypten, aber er wollte vor den Toren Bethlehems geboren werden, wie es in der Prophezeiung heißt. Mit uns waren nur ein Esel und eine Kuh, die ebenfalls die Prophezeiungen bestätigten. Und am Vorabend seiner Beschneidung erscheinen diese Leute, die ihm den wichtigsten Reichtum, nämlich die Weisheit, schenken wollen. Das kann kein Zufall sein, Joseph. Die Qualen, die ich in diesem Moment in meiner Brust trage, sind unbeschreiblich. Mein Sohn ist gerade geboren und ich muss mich von ihm verabschieden? Ihn in der Obhut von Fremden aufwachsen zu lassen? Eine andere Mutter soll ihn stillen? Was denkst du, wie ich mich fühle, Joseph? Das Schicksal dieses Kindes liegt jedoch nicht in unserer Hand. Ich war die Einzige, die in dieser Nacht schwanger wurde, und es kann nicht umsonst gewesen sein. Dies sind Zeichen dafür, dass Gott nicht nur auf dieses Kind, sondern auf ganz Israel schaut. Es ist etwas, das größer ist als wir selbst. - sagte Maria und machte mich sprachlos.
- Maria, ich habe immer geglaubt, dass ein Kind unter der Obhut seiner Eltern und in ihrem familiären Umfeld aufwächst, aber Jesus ist mehr Ihr Kind als meins, das ist Ihre Entscheidung. - Ich habe geantwortet.

- **Jetzt bitte ich dich, alles vorzubereiten, was dem Kind dient. Morgen, nach der Beschneidung, werden wir zurückkehren, um ihn mit nach Persien zu nehmen, bist du einverstanden?** - fragte Baltasar.
- **Ja"**, antwortete Maria, die an den Tränen, die ihr über das Gesicht liefen, stumm erstickte.
- **Ich werde meine Frau Maria anrufen. Auf diese Weise kennen Sie sie. In diesen sieben Jahren wird sie zu Jesus heranwachsen.** - sagte Gaspar.
- **Ja, dieses Mal muss es Fatima sein, die einen Messias hervorbringt.** - erwiderte Baltasar.
- **Wie? Was haben Sie gesagt?** - fragte ich erstaunt.
- **Wir sind älter als wir aussehen, Joseph.** - erwiderte Belchior, als Gaspar wegging.
- **Wir existieren zu dem Zweck, diese Messiasse heranzuziehen, die von Zeit zu Zeit unter den alten Völkern auftauchen, die Erben der messianischen Verheißung. Ihr Kind ist nur der Messias der gegenwärtigen Dispensation, aber er ist auch derjenige, der die Welt verändern wird, denn er wird nicht nur die Hebräer repräsentieren, sondern alle Völker, die im Elend seufzen, die unter Ungerechtigkeit leiden, die Unterstützung und Hilfe brauchen.** - erklärte Baltasar.
- **Mit anderen Worten, sie wird das retten, was noch menschlich in uns ist.** - Unterbrach Maria.
- **In gewisser Weise, ja. Maria, das ist Fatima, meine Frau, die das Kindermädchen von Jesus sein wird.** - sagte Gaspar und kam näher.

Ich betrachtete alles mit einem Gefühl der Ohnmacht, als ob ich nichts tun könnte. Ich versuchte, keine Meinung zu haben, während ich auf einem Stück Mauer saß, die Krippe betrachtete und mich fragte, ob ich der Vater dieses Kindes sein könnte oder ob es jemand war, der mit seinem Namen und seinem Einfluss nur dazu diente, ein Problem zu lösen. Fatima und Maria unterhielten sich untereinander. Fatima war eine schöne Frau, groß, sehr schön, mit einem breiten, kräftigen

Körper, nicht übergewichtig, nur jemand, der mehr ertragen zu haben schien, als ihre eigene Schönheit zeigte.

Jedenfalls ging dieses Gespräch weiter, als ob alles geregelt wäre, und ich dachte, dass wir über die Zukunft eines Menschen, über das Schicksal eines Kindes entscheiden und ihm keine Wahl oder Alternative lassen würden. Das Leben, das er zu kennen begann, würde das einzige sein, das er kennen würde.

- **Beunruhigt?** - fragte mich Belchior.
- **Und wie könnte ich das nicht sein? Auch wenn es nicht mein Blut ist, fühle ich immer die Verantwortung eines Vaters.** - Ich habe geantwortet.
- **Ich weiß, wie seltsam es klingt, aber die Ereignisse, die zur Geburt dieses Kindes geführt haben, stehen in einem engen Zusammenhang und waren nicht das Werk des Zufalls oder die Folge eurer Entscheidungen, sondern die Entscheidungen, die der Ewige getroffen hat.** - erklärte Belchior.
- **Glauben Sie also auch an Gott?** - fragte ich.
- **Wir alle glauben, ich meine, alle Völker. Für die einen ist er eine Kraft, für die anderen das Leben selbst, für die Hebräer ein selbstbewusstes Wesen, für uns, die Weisen, ist Gott derjenige, der uns von den Sternen her besucht, für die Ägypter ist er derjenige, der den ewigen Konflikt zwischen Licht und Dunkelheit überwindet, aber, kurz gesagt, wer oder was ist Gott?** - fragte Belchior.
- **Er ist der Schöpfer aller Dinge, der einzige und souveräne Herr, allmächtig, der Fels Israels, der Heilige von Jerusalem.** - Ich habe geantwortet.
- **Nein, Joseph, das ist nur die Art und Weise, wie du ihn verstehst oder wie man dir beigebracht hat, dass er sein würde. Jeder Mensch konstruiert seine eigene Perspektive um ihn herum. Für die einen ist er böse, für die anderen gut, aber es wird immer dasselbe sein, das von verschiedenen Beobachtern interpretiert wird. Die Art und Weise, in der wir an seine Existenz glauben, bestimmt auch die Art und Weise, in der er sich in unserem Leben offenbart. Die Auslegung des**

Glaubens, das Studium deines Gesetzes zum Beispiel, wird am Ende nicht zu einem offenen Fenster, durch das wir Gott betrachten können, sondern zu einem Trichter, der unseren Blick auf ihn verengt. Wir können ihn uns nicht außerhalb dieser armen Vorstellung vorstellen. Ich frage Sie also: Wenn Sie ewig und der direkte oder indirekte Urheber des Lebens, wie wir es kennen, wären, würden Sie sich darauf beschränken, von einer einzigen Interpretationsform verehrt zu werden, oder würden Sie sich in jedem einzelnen Glauben wiederfinden lassen, der ein wenig Wahrheit über Sie enthält? - fragte mich Belchior.

- Aber ein falscher Glaube an Gott erweist sich als ein Weg der vielen Wege, nicht als ein Weg, der uns zu ihm führt. - Ich habe geantwortet.

- Jede menschliche Vorstellung von Gott ist voll von Fehlern und Erfolgen. Und in der Tat, mehr Fehler als Erfolge. Aber wir finden Gott immer durch die wenigen Richtigen in unseren Interpretationen. - erklärte Belchior.

- Gott hat sich jedoch im Laufe der Geschichte als stark gegenüber Israel erwiesen, was bedeutet, dass wir ihn richtig interpretieren. - Ich murrte.

- Und hat nicht dein Gott selbst Nebukadnezar gesegnet, um sie zu korrigieren? Cicero? Und hat dein Gott nicht durch den Wahrsager Bileam geweissagt? Es scheint, Joseph, dass Gott in unseren wenigen Erfolgen präsenter ist als in unseren vielen Fehlern. Das ist seine Art, sich zu präsentieren, denn wenn er sich auf ein Glaubenssystem stützen würde, das nur aus richtigen Antworten besteht, um sich bekannt zu machen, würde er nie gefunden werden. Der Glaube an Gott ist nicht das Regelwerk, das uns einem gerechten Leben näher bringt, sondern die barmherzigen Entscheidungen, die uns dazu bringen, die Schwächen der anderen und unsere eigenen zu verstehen und ihnen zu helfen. Gott ist viel mehr der Glaube, der weitergeht, wenn es keine Hoffnung mehr im Herzen gibt, als das Wunder, das die Umstände verändert. Wäre jemand, der zum Beispiel die erlaubten Schritte eines Sabbats überschreitet, um einem Kranken zu helfen, der unter der sengenden Sonne der Wüste vor Schmerzen schreit, schlimmer als jemand, der den Kranken sieht und ihm nicht hilft, um das Gesetz nicht zu brechen? Wer von beiden hat in diesem Fall mehr Vertrauen? Derjenige, der den Kranken hilft und glaubt, dass Gott ihm vergeben wird, oder derjenige, der den Kranken nicht hilft und glaubt, dass er keine Vergebung braucht? - fragte Belchior.

- Es ist sehr schwierig, denn wir sind dazu erzogen worden, dem Gesetz Vorrang zu geben. - Ich habe geantwortet.

- Weil man sie gelehrt hat, nur an sich selbst zu denken. Das Gesetz kann jedoch nicht als Rechtfertigung für Gleichgültigkeit dienen. Die persönliche Gerechtigkeit darf kein Instrument für Vorurteile oder Diskriminierung sein, sondern muss ein Vorbild sein. Wer die Gnade empfängt, würdiger zu leben, sollte keine Gleichgültigkeit gegenüber denjenigen hegen, die nicht die gleichen Werte entwickeln konnten, sondern die persönliche Verbesserung fördern. - sagte Belchior zu mir.

- Ich stimme Ihnen zu, aber selbst wenn wir so denken, gibt es immer diejenigen, die die Gerechtigkeit als einen Mechanismus der Kontrolle und Manipulation ansehen und diejenigen beneiden und bekämpfen, die versuchen, gerecht zu leben. - Ich habe geantwortet.

- Denn dein Gesetz offenbart nicht nur, was gut ist, sondern zeigt auch direkt, was böse ist. Das Gesetz ist nicht die Gerechtigkeit, die sich manifestiert, sondern das Verbrechen, das ans Licht kommt, denn es ist das Gesetz, das sagt, was falsch ist, während es versucht, das Richtige darzustellen. Daher sehen diejenigen, die von Geburt an benachteiligt sind, im Gegensatz zu Ihnen, der Sie aus einer reichen Familie stammen, das Gesetz als Rechtfertigung für die Mächtigen, die weniger Begünstigten zu unterdrücken. Daher begünstigt das Gesetz letztlich

die Ungleichheit und nicht die Harmonisierung des
Zusammenlebens.** - erklärte Belchior.
- **Aber das Gesetz hilft uns, richtig zu leben.** - Ich habe
geantwortet.
- **Ja? Dann beantworte mir eine Frage: Was kommt
zuerst, die Sünde oder das Gesetz?** - fragte mich
Belchior.
- **Das Gesetz.** - Ich habe geantwortet.
- **Nein, es ist Sünde. Das Gesetz wurde geschaffen, um
die durch die Sünde geschwächten Beziehungen zu
regeln, aber es gäbe kein Gesetz, wenn es keine Sünde
gäbe. Das bedeutet, dass das Gesetz nach der Sünde
geschaffen wurde, um das zu reparieren, was
gebrochen worden war.** - erklärte Belchior.

Die Worte Belchiors machten mir Angst, denn sie
stellten mich vor ein Problem ohne Lösung. Wenn das
Gesetz nicht mehr dazu dienen würde, unser Volk in
Harmonie zu halten, was würde es dann noch nützen?
Gleichzeitig erlaubte mir dies einen kleinen Einblick in den
Weg, den Jesus einschlagen würde, und ich wusste nicht,
inwiefern dieses Kind in der Lage sein würde, die
Kontextualisierung des mosaischen Gesetzes in unserer
Kultur zu verändern. In jedem hebräischen Haus, in jeder
hebräischen Familie, bei jeder Proselytenmacherei wurde
uns beigebracht, dass das göttliche Heil unser
ausschließliches Vorrecht sei und dass wir ohne das
Gesetz dieses Heil nicht erlangen könnten. Wie können wir
das Heil erlangen, ohne die Anforderungen des mosaischen
Gesetzes zu erfüllen?
- **Wohin soll er gebracht werden?** - fragte ich.
- **Für Shiraz.** - antwortete Gaspar.
- **Dort wird er lernen, was wir ihm beibringen können.
Wenn wir Recht haben, wird er im Alter von drei
Jahren viel mehr lernen können als jedes andere Kind
in seinem Alter.** - sagte Baltasar.
- **So niederschmetternd es für mich auch ist, ich bin
sicher, dass es das Beste ist, Joseph. Ich habe mit

Fatima gesprochen, und sie ist bereits Mutter von fünf Kindern, von denen das älteste nur sieben Jahre älter als Jesus ist. - Maria sagte es mir.

- **Maria, ich habe alles für dich getan, und ich werde mich nicht gegen deine Entscheidung stellen.** - antwortete ich, während Maria mich am Arm festhielt.

Am nächsten Tag brachen wir sehr früh nach Jerusalem auf, um Jesus vorzustellen. Wir baten Zacharias, die Zeremonie durchzuführen, unterstützt von Simeon und Kajaphas. Dort gaben wir ihm vor der Gemeinde offiziell den Namen Jesus, mehr in der Hoffnung, dass Gott ihn beschützen würde, als dass dieser Name eine prophetische Bedeutung hätte. Ich nahm ihn in die Arme, sah ihm in die Augen und nannte ihn nicht nur meinen Sohn, sondern erkannte ihn auch als solchen an. Tränen flossen über mein Gesicht und benetzten seine Stirn, als ich ihn an mein Gesicht drückte. Das war seine erste Taufe und meine Art, ihm zu sagen, dass ich immer an seiner Seite sein würde.

Bald darauf, als wir Jerusalem verließen, trennten sich unsere Wege. Maria und ich würden aufbrechen, um unsere Sachen in Nazareth zu holen und in der Region Galiläa ein neues Leben zu beginnen, während Jesus, beschützt in den Armen von Fatima, seiner Reise nach Persien folgen würde. Was man ihm beibringen würde, war uns nicht bekannt. Aber es war, als ob ein Teil von uns weggerissen wurde, und zwar der wichtigste Teil. Seltsam, wie wir es geschafft haben, in so kurzer Zeit eine so starke Bindung aufzubauen.

- **Ich habe allem zugestimmt, aber ich habe eine Bitte an Sie. - Ich** habe es Baltasar gesagt, bevor sie gegangen sind.
- **Und was soll das sein?** - fragte Baltasar.
- **Damit er am Tag der Sühneopfer für Israel zusammen mit seiner Familie anwesend ist.** - sagte ich.
- **Ich dachte, das wäre es.** - erwiderte Belchior.
- **In Ordnung, so wird es gemacht. Es ist sogar noch**

besser, wenn Sie nicht ohne Ihr Kind auftauchen. - erwiderte Baltasar.

- **Und noch eine Sache. Ich hoffe, dass diesem Kind nichts Schlimmes zustößt, denn er ist offiziell mein Sohn, und ich werde keine Mühe scheuen, sein Blut zu rächen. -** Ich habe es ihnen gesagt.

Als ich ihnen den Rücken zukehrte, ließen die drei Maria Geschenke da, die nicht nur teuer waren, sondern auch eine tiefere Bedeutung hatten.

- **Dies sind besondere Geschenke, die wir nicht annehmen können. -** Maria sagte zu ihnen.
- **Ich bestehe darauf, dass Sie es annehmen, es wird Ihnen in Zukunft nützlich sein. -** beharrte Belchior.
- **Aber was bedeutet das, dass sie uns für unseren Sohn bezahlen? -** fragte Maria.
- **Nein, Maria, sie sind für die Beerdigung von Jesus. -** Ich habe geantwortet.
- **Wie meinen Sie das? -** fragte mich Maria.
- **Der Weihrauch für die Beerdigung, die Myrrhe zum Einbalsamieren des Leichnams und das Gold zur Deckung der Kosten für die Totenwache und das Begräbnis. -** Ich erklärte.
- **Aber wie können Sie es wagen, mich so zu beleidigen? Er ist mein Sohn, mein Sohn, und ich werde ihn nicht dem Tod überlassen. -** rief Maria ihnen zu.
- **Der Tod ist nur eine Etappe im Prozess des Lebens, Maria. Unsere Absicht war nicht, Sie zu beleidigen, sondern Ihren Schmerz zu teilen. Wir möchten nicht nur Negatives beitragen. Bitte annehmen. -** sagte Gaspar.

Diese Geste gab mir die Dimension der Wahl, die wir getroffen hatten, und ich nahm diese Geschenke an und dachte dabei mehr an Jesus als an unsere Demütigung. Die folgenden Tage waren also von großer Unsicherheit geprägt. Wir wussten einfach nicht, ob wir die richtige Entscheidung getroffen hatten.

In den ersten Wochen, als wir uns gerade in der

Region Galiläa niederließen, versuchten wir, das Thema zu vermeiden. Dort waren Maria und ich ein ganz normales Ehepaar, auch wenn meine Kinder und ich im Familienbetrieb in ganz Israel arbeiteten. Aber in Galiläa, weit weg von Nazareth, waren wir taub für die verletzenden Kommentare, die über uns gemacht wurden. Die Menschen können manchmal nicht einmal erkennen, dass ihre eigenen Verleumdungen keinen Sinn ergeben. Als alles mit Maria geschah, ließ ich mich im Tempel beschuldigen, Maria vor ihrer Zeit berührt zu haben, während Maria der Prostitution und des Ehebruchs beschuldigt wurde. Wie war es möglich, dass ich sie entjungfert hatte und sie sich gleichzeitig prostituiert oder gepanscht hatte? Das war ein falsches Argument.

Ich schaute sie zärtlich an und sah in jeder ihrer Gesten den Wunsch, das Richtige zu tun, und dieser Wunsch, das Richtige zu tun, ist ein Vorbild an Heiligkeit, er ist ein stärkeres Zeugnis als Reue. In der Reue erkennen wir die Schuld für unsere Handlungen, aber welche Schuld hatte Maria? Sie war ein Opfer, und wenn wir Opfer sind, entsteht ein Zustand, den wir nicht ändern können, weil uns etwas widerfahren ist, was wir nicht wollten. Hier macht die Reue keinen Unterschied, und der Wunsch, es richtig zu machen, ist der Widerspruch zwischen Tatsache und Charakter, genau wie bei Maria.

Jeder ihrer Schritte war wohlüberlegt, und Maria verstand es, einen einfachen Moment in etwas Besonderes zu verwandeln, weil sie mit Hingabe für ihre Familie arbeitete. Sie verstand es, das Schicksal zu akzeptieren, ohne sich aufzulehnen, und ich weiß nicht, ob meine Mitschuld eine Rolle spielt, ich weiß nur, dass ich mir keine bessere Frau in meinem Alter vorstellen oder wünschen kann. Allerdings waren so viele Dinge zwischen uns zum Schweigen gebracht worden, dass die Tage der Reibung unvermeidlich waren. Meistens war es sinnlos zu versuchen, meinen Standpunkt darzulegen, und endete immer damit, dass ich missverstanden wurde und sich das Bild verschlimmerte. Deshalb versuchte ich in den Jahren, in denen Jesus in Shiraz weilte, Marias Schmerz zu respektieren und mich zurückzuziehen, wenn wir uns stritten.

- **Ich weiß nicht, Joseph, ich weiß nicht, ob es das Beste war, was wir getan haben?** - Maria schrie mich an.
- **Maria, darum geht es mir nicht, sondern um Erlösung, um ein reines Gewissen.** - Ich habe geantwortet.
- **Und was soll ich tun? Sagen Sie es mir.** - Er schrie weiter.
- **Lass es, vergiss es...** - antwortete ich und ging weg.
- **Joseph, ich verstehe einfach nicht, verzeih mir. Ich habe alles und auch jedes Opfer für unser Wohl getan, und wenn ich vor Gott schuldig bin, dann lieber dafür, dass ich alles für unsere Familie und für die Zukunft Israels riskiert habe.** - sagte sie zu mir.
- **Was ich mir wünsche, Maria, ist ein reines Gewissen zu haben. Wir sind beide zu viele Risiken eingegangen, und ich möchte in meinem hohen Alter weder dafür verantwortlich gemacht werden, was wir getan haben, noch dafür, dass wir die Zukunft von Jesus verdammen.** - Ich habe versucht zu erklären.
- **Joseph, das ist nicht der richtige Zeitpunkt. Lassen Sie uns ein anderes Mal darüber reden. -** Er antwortete mir, weil die Kinder gerade zum Mittagessen kamen.

Tatsächlich konnte ich feststellen, dass sie dieses Thema ohnehin mied und immer irgendeine Ausrede vorbrachte. Sie schien zu wollen, dass sich das für Jesus vorgezeichnete Schicksal um jeden Preis erfüllt, entweder weil sie fest an unsere Prophezeiungen und an die Deutungen der Heiligen Drei Könige glaubte, oder weil sie auf diese Weise für sich selbst Buße tun wollte. Auf jeden Fall war ich nicht mehr alt und gesund genug, um mit Maria zu streiten, und oft dachte ich, dass meine Güte sie dazu gebracht hatte, unsere Beziehung zu verwirren, da sie regelmäßig ihre Grenzen überschritt und mich nicht respektierte.

Ich habe mich jedoch nicht darum bemüht, sie glücklich zu sehen. Mindestens zweimal im Jahr bat ich meinen Bruder Alphäus, der mit Maria Kleophas, der Schwester Marias, verheiratet war, sie nach Schiraz zu begleiten, und als Ioses und die Mädchen Judith und Ruth geboren wurden, nahm Maria sie mit, so dass Jesus einige Zeit mit seinen Brüdern und Schwestern verbringen und etwas Familienerfahrung sammeln konnte.

Die Arbeit hat mich fast immer daran gehindert, Maria auf diesen Reisen zu begleiten, aber zumindest bei einer habe ich versucht, dabei zu sein. Es schmerzte mich jedoch zu sehr, zu erkennen, dass Gaspar ein viel väterlicheres Gesicht für Jesus hatte als ich. Bei meinem Besuch in Shiraz mischte ich mich also unter die Menge und versuchte herauszufinden, was die Kinder dort lernten, aber das Geheimnis war immer gut verhüllt, und Fremde hatten keine Ahnung von den Inhalten, die die Heiligen Drei Könige lehrten. Sogar für die übrigen Perser war alles ein Geheimnis, und nur die Schüler der Schule der Heiligen Drei Könige wussten, was mit ihrem Praktikanten geschah, und es war ihnen vehement untersagt, sich über den Bildungsprozess zu äußern.

Das Wenige, was ich auf unseren Reisen beobachten konnte, ist, dass sie über medizinische Heiltechniken verfügten, die viel weiter fortgeschritten waren als die unseren, und dass sie die Elemente der Natur selbst benutzten, uralte Rezepte ähnlich denen Ägyptens, um die Natur bestimmter Substanzen oder Elemente zu verändern, die für den Glauben Israels als Magie oder Zauberei galten. Sie hatten ein strenges und methodisches Lebensmodell, denn sie waren lokale Priester des Zoroastrismus und interpretierten die biblischen Prophezeiungen, unterstützt durch die Kenntnis der Sterne, um die Ereignisse auszurichten und die Zeichen zu erkennen.

- **Also, Joseph, was hältst du von unserer Stadt?** - fragte
  Baltasar, als er mich am Straßenrand neben dem Markt
  fand.
- **Es ist eine wunderschöne Stadt. Ich habe eigentlich
  versucht, Ihren Kult ein wenig zu verstehen.** - Ich
  sagte es ihm.
- **Er muss erst lernen, dass er nicht nur eine Sekte ist,
  sondern ein Lebensmodell. Wir erkennen in Mazda
  den Urheber des Lebens, das Alpha und das Omega,
  und doch hat sich dieses sein Leben in der gesamten
  Schöpfung ausgebreitet, und wir versuchen, die
  Zeichen zu erkennen, die er uns durch eben diese
  Schöpfung gibt. Er ist unser Vater, und wir alle sind
  seine Kinder. Wir beziehen uns auf ihn nicht durch
  ein System von Regeln, sondern durch die Hingabe
  eines reinen Herzens.** - erklärte Baltasar.
- **Das Herz ist trügerisch, warnte Jeremia. Unsere Regeln
  dienen gerade dazu, unsere Neigungen abzuwägen und
  zu erkennen, wohin das Herz tendiert.** - Ich erklärte.
- **Und wissen Sie, wohin Ihr Herz tendiert?** - Sie haben
  mich gefragt
- **Natürlich ist sie das.** - Ich habe geantwortet.
- **Dein Fehler, Joseph. Sie wissen nur, was das Gesetz
  Ihnen sagt, was richtig oder falsch ist, aber das
  bedeutet nicht, dass Ihr Herz nur dem Richtigen
  zugeneigt ist, weil Sie das Gesetz kennen. Was tust
  du, wenn dich niemand ansieht? Was hat Ihr Herz
  und das Herz von Maria getan, als sie mit Jesus
  schwanger wurde?** - Sie haben gefragt.
- **Was meinen Sie damit?** - Ich habe geantwortet.
- **Ich möchte sagen, dass das Wissen um den Weg der
  Rechtschaffenheit uns nicht rechtschaffen macht. Die
  meiste Zeit hüllt sie uns nur in eine falsche Moral.
  Was tat Mose, als er den Ägypter tötete: blieb er und
  machte den Prozess mit oder floh er? Das Wissen um
  das Gesetz macht uns nicht gerecht, im Gegenteil, es
  macht uns schlau, denn wir benutzen dasselbe
  Gesetz, um seinen Konsequenzen zu entgehen. Das
  Wissen um die Dinge ändert nichts daran, wer wir
  sind. Die Veränderung findet nur statt, wenn wir uns**

selbst kennen. - Er antwortete mir.

- **Doch woher wissen wir, welcher Weg der richtige ist, wenn wir keinen Wegweiser haben?** - Ich habe darauf hingewiesen.

- **Alle sind richtig und alle sind falsch. Unabhängig davon, welchen Weg wir einschlagen, wird uns jeder Weg immer gute und bittere Erfahrungen bescheren, und beides wird uns dazu dienen, zu wissen, wann wir es richtig gemacht haben und zu erkennen, was wir nicht mehr tun sollten.** - Er sagte.

- **Und woher kommt diese Form des Wissens?** - fragte ich.

- **Warum glauben Sie, dass das Gesetz nichts mit dem ägyptischen Totenbuch zu tun hat? Oder dass ihre Propheten in der babylonischen Gefangenschaft kein Wissen erlangt haben? Wir, die wir Mazda folgen, beobachten nur, wie sich ihr Wissen unter den Völkern verbreitet und interpretiert wurde.** - Er antwortete mir.

- **Wie ist es möglich, dass Sie so viel über das Gesetz und unsere Propheten wissen?** - fragte ich.

- **Joseph, und wohin wurde dein Volk verbannt? Jüdische Prophezeiungen sind ein Erbe der babylonischen und persischen Exilanten, und dort haben wir viel über ihren Glauben gelernt, so wie Ihre Führer und Propheten so viel von unserem Glauben gelernt haben, etwas, das sie schon seit dem großen König Salomo verinnerlicht hatten. Mit dem weisen König begannen sich unsere Überzeugungen sogar zu ergänzen.** - Er antwortete mir.

- **Sie meinen, wir stehen unter dem Einfluss des Massentourismus?** - fragte ich.

- **Und woher kommt Ihrer Meinung nach der ägyptische oder hebräische Dualismus?** - Sie haben mich gefragt

- **Unser Glaube kennt keine Dualismen.** - Ich habe geantwortet.

- **Ach, nein? Was ist mit Engeln und Dämonen, oder besser gesagt, mit guten Engeln und gefallenen oder bösen Engeln? Gesetz und Sünde? Sogar Ihre Patriarchen haben Dualismen, wie der auserwählte Jakob und der verworfene Esau.** - erwiderte Baltasar.

- Doch unser Herr Adonai hat keinen Gegner, er ist als Schöpfer über allem. - Ich habe geantwortet.
- Ja, und auch unser Gott Mazda hat keine Widersacher, aber das liegt daran, dass jeder Glaube, der sich auf einen souveränen und schöpferischen Gott stützt, voraussetzt, dass dieser Gott, der alles geschaffen hat, auch in der Lage ist, es zu zerstören, und dass er daher über anderen Geschöpfen steht, die ihm nicht vorausgegangen sind. Und zwar aus dem einfachen Grund, dass Gott theoretisch nichts erschaffen könnte, was ihm überlegen wäre. Dies ist die Kette der Vollkommenheit. Etwas Vollkommenes kann sich nichts Besseres als sich selbst vorstellen, und deshalb ist die gesamte Schöpfung dem Schöpfer unterlegen. - Er erklärte.
- So wie Sie reden, klingt es, als ob wir über denselben Gott sprechen. - Ich habe es Ihnen gesagt.
- Und wir nicht? Ich dachte, dass wir das tun, denn wenn es nur einen Gott gibt und in jeder Kultur oder in jedem Volk eine Übereinstimmung über die Einzigartigkeit dieses einen Gottes besteht, dann denke ich, dass wir alle ständig über denselben Gott sprechen. - Er argumentierte.
- Wir können aber auch unserem Gott Einzigartigkeit zuschreiben, was ihn nicht zum wahren Gott macht und ihn in jedem Volk oder jeder Kultur unterschiedlich erscheinen lässt. Das heißt, ich kann einen falschen Gott nehmen und sagen, dass dieser falsche Gott der wahre Gott ist, obwohl er es nicht ist. Auf diese Weise werden wir nicht von demselben Gott sprechen. - Ich erklärte.
- Aber das ist ein Verhalten, das von allen übernommen wird. Hebräer, Ägypter, Kanaaniter, Babylonier, Perser - jedes dieser Völker behauptet, sein eigener Gott sei der wahre. Sogar in Israel, unter euch, gibt es Unterschiede zwischen Samaritern und Hebräern, oder Pharisäern und Sadduzäern, oder Zeloten und Essenern. Die Art und Weise, wie ein Volk oder eine Kultur Gott versteht, ist jedoch immer eine persönliche Perspektive und Teil der eigenen

Weltanschauung. Die Art und Weise, in der Gott sich offenbart, Joseph, entspricht nicht seinem eigenen Wesen, sondern dem Wesen und der Fähigkeit des Menschen, zu erkennen und zu verstehen. Wenn Sie nun Gott, der Schöpfer aller Dinge, wären, würde Sie die Art und Weise, in der sie Ihnen glauben, interessieren oder nur die Tatsache, dass sie Ihnen glauben? Sind unsere religiösen Unterschiede für Gott wichtig oder nur für uns selbst? Natürlich ist diese ganze Diskussion nur für das Glaubenssystem relevant, dem wir dienen, denn unser Glaube ist auch eine Art, in der Gesellschaft zu leben und sie zu regieren, und Gott hat damit nichts zu tun. Deshalb offenbart sich Gott entsprechend unseren Bedürfnissen und vor dem, was wir von ihm für unser eigenes Leben brauchen. Wenn wir uns dann aber dafür entscheiden, Gott Kinder statt Schafe zu opfern, welche Verantwortung trägt Gott in diesem Fall? Als er von Abraham verlangte, seinen eigenen Sohn Isaak zu opfern, war das nicht ein Beispiel dafür, dass er weiß, was er will, und für sich selbst sorgt, was er will, und auch ein Beweis für den Glauben in Abrahams Leben? Wenn wir nun sagen, dass wir die Zeichen der göttlichen Offenbarung in jeder Kultur erkennen müssen, Sie mir aber sagen, dass die einzige Offenbarung, die es gibt, das mosaische Gesetz ist, wer sagt dann das: Gott oder Sie? - Er fuhr mit seinen Erklärungen fort.

- **Gott, denn er hat uns das Gesetz gegeben.** - Ich habe geantwortet.

- **Nicht Gott, sondern du. Gott gab den Israeliten das Gesetz, um das Volk Israel zu erziehen und zu konstituieren, das, nachdem es dem Joch der Sklaverei entronnen war, das Bedürfnis hatte, sich als Volk und Nation anzuerkennen, die wie alle anderen Völker in der Umgebung einem Rechts- und Glaubenssystem unterliegt. Das Gesetz ist etwas Besonderes für das hebräische Volk, aber das bedeutet nicht, dass es die einzige Art und Weise ist, wie Gott sich in der Geschichte offenbart und sich anderen**

Kulturen offenbart. - Er antwortete mir.

Baltasars Worte haben mich erstaunt, denn es gab einen Grund, und vielleicht hatten wir Hebräer uns gegenüber dem Rest der Welt verschlossen, während Gott alle erreichen wollte.

- **Ist das also der Inhalt, den Jesus lernt?** - fragte ich.
- **Und nicht nur das. Jesus lernt unsere medizinischen Techniken und wird sie mit Gottes Hilfe vervollkommnen.** - Er antwortete mir.
- **Es war schon eine sehr schwere Last, die Herzen unserer Brüder zu bekehren, die unter der Unterdrückung Roms leiden, jetzt muss sie die Welt überzeugen, in Einheit zu gehen. Es ist sogar noch schwerer.** - Ich antwortete mit einem Seufzer.
- **Es ist die Mission eines Messias. Alle anderen vor ihm haben in dieser Hinsicht versagt, aber wenn er nicht in der Lage ist, die Menschheit in die gleiche geistige Richtung zu lenken, kann er nicht als Retter bezeichnet werden, denn die Erlösung ist eine Leistung, die der Messias allen anbietet. Sehen Sie, Joseph, es gibt keine solche Terminologie wie "unser Volk", wie Sie es gerade ausgedrückt haben, außer für diejenigen, die sich selbst als rassisch identifizieren und sich für etwas Besseres halten als andere Menschen. Diese kulturelle Identität hat sich in eine rassische Identität verwandelt, aber wir sind keine verschiedenen Rassen. Es gibt nur die menschliche Rasse, die je nach Region, in der sie sich entwickelt, besondere Merkmale und Kulturen aufweist, aber diese Differenzierungen sollten uns nicht in andere Völker einteilen. Die hebräische Tradition, die den Zweck hatte, die Abstammung der patriarchalischen Familien durch Blutsverwandtschaft zu bewahren, endete in Vorurteilen, und Sie teilten die Welt in Hebräer und Heiden, obwohl wir alle Menschen und Kinder desselben Gottes sind.** - Er antwortete mir.

Das waren harte Worte, aber wahr. Ich zog es vor

zu schweigen, denn ich konnte einfach nicht über etwas streiten, das selbst für uns Hebräer unerträglich geworden war. Kurzum, wir versteckten uns hinter einem falschen Moralismus, der nur als Rechtfertigung für unsere Unterlassung und Gleichgültigkeit diente.

In diesem Jahr der Visitation war die Rückreise still. Er war unter der Obhut von Gaspar und Fatima aufgewachsen, sah uns sehr wenig und das tat Maria weh, denn er nannte sie nicht mehr seine Mutter, während ich ihm völlig fremd war. Was mich jedoch quälte, waren die Worte von Baltasar. Als Hebräer wusste ich, dass diese Art von Botschaft Israel nicht gefallen würde, und wenn es das war, was sie Jesus lehrten, würde es sicher zu seinem Tod führen. Die Führung Israels würde die Art dieser Rede niemals akzeptieren. Als ich ihn aufwachsen sah, hinderte mich die Entfernung nicht daran, ihn liebzugewinnen, und der Tod eines Sohnes ist kein Projekt, das in den Plänen eines jeden Vaters vorkommt, aber in unserem Leben war er seit der Geburt Jesu unablässig präsent.

- **Er sieht mich nicht mehr als seine Mutter, ich glaube, er empfindet nicht einmal mehr intensive Gefühle für mich.** - sagte Maria und unterbrach meine Gedanken.
- **Vielleicht ist es besser so, denn wenn das Schicksal, das Sie und die Heiligen Drei Könige für ihn skizziert haben, wirklich eintritt, wird es viel besser sein, wenn diese Bindungen in Ihrem oder seinem Leben nicht mehr bestehen.** - antwortete ich unwirsch.
- **Aber was haben Sie mir so kühl zu antworten?** - erwiderte Maria.
- **Sie haben Recht, es tut mir leid. Ich bin mir sicher, dass er weiß, dass Sie seine Mutter sind, aber die Entfernung und die Situation kommen ihm in die Quere.** - Ich brach das Gespräch ab, da ich meine Gefühle für Jesus nicht zeigen wollte.

In den folgenden Jahren, die der Rückkehr Jesu aus Persien vorausgingen, begleitete ich Maria nicht mehr auf ihren Besuchsreisen und versuchte, mich von den

Entscheidungen, die die Heiligen Drei Könige und Maria getroffen hatten, oder von den väterlichen Gefühlen, die sie für Jesus zeigte, zu distanzieren. Meine Augen waren noch nicht bereit, ein Kind leiden und noch weniger sterben zu sehen. Ich hatte schon genug gelitten, und im fortgeschrittenen Alter versuchte ich, die Familienaktivitäten auf meine Kinder zu übertragen und mich von Situationen zu distanzieren, die mir Unbehagen bereiten könnten. Wenn die Zeit vergeht und wir erkennen, dass der Tod eine unvermeidliche Begegnung ist, wird uns klar, wie töricht und sinnlos die Dinge sind, die wir in diesem Leben verfolgen, und der einzige Reichtum, den wir erobern können, ist der Frieden. So klopfte eines Tages Gaspars ältester Sohn in Begleitung von Jesus an unsere Tür. Sieben Jahre waren vergangen, und ich, der ich damit beschäftigt war, nützlich zu sein und mich von Marias Entscheidungen für ihren Sohn zu distanzieren, hatte die letzten drei Jahre nicht bemerkt. Nachdem er ein paar Worte mit Maria gewechselt hatte, kam er zu mir, während ich in der Küche saß.

- **Gaspars Sohn verlässt uns. Willst du dich nicht verabschieden? -** fragte er mich.
- **Nein, -** antwortete ich.
- **Sie haben mich in den letzten drei Jahren nicht besucht, warum? -** haben Sie mich gefragt.
- **Ich war zu sehr mit Dingen zu Hause beschäftigt. -** Ich habe geantwortet.
- **Willst du mich zum Schreiner ausbilden? -** Er bestand darauf, einen Dialog zu führen.
- **Es hängt davon ab, ob Sie in der Lage sind, zu lernen. -** erwiderte ich, stand auf und ging aus der Küche.
- **Das bringt nichts, weißt du. -** Er sagte es mir, während ich noch sehr gut hören konnte, was er sagte, und ich wusste, worauf er sich bezog, aber ich zog es vor zu schweigen, um mein eigenes Leiden zu vermeiden.

Jesus war ein sehr intelligentes Kind, und ich fragte mich, was ich ihm beibringen könnte. Er war nicht in unserem Umfeld aufgewachsen, und ich wusste nicht, wo ich anfangen sollte, aber ich erkannte die Freude, ihn wieder zu Hause zu haben. Also beschloss ich, ihm das Einzige beizubringen, was er gut konnte, nämlich das Tischlerhandwerk, und er lernte schnell und begann, mir bei kleinen Aufgaben zu helfen, da ich mich aufgrund meines fortgeschrittenen Alters nicht mehr an den großen Projekten beteiligen konnte, die meine Kinder übernahmen.

Doch schon bald begann mein ältester Sohn, der auch Joseph genannt wird, Jesus bei kleinen Aufgaben in der Familie einzusetzen, etwa beim Putzen, beim Schleifen von Holz oder beim Aufbau kleiner Möbel. Und dann wurde er in unserer Gemeinde bekannt, wobei ich nicht wusste, ob das gut war, denn wenn seine Reden gehört wurden, wusste die ganze Gemeinde, wer er ist und aus welchem Haus er kam.

Die Zeit verging, und während Jesus erwachsen wurde, wurde ich noch älter. Ich hatte keine Kraft mehr, meine Sehkraft ließ nach, ich war nicht einmal mehr in der Lage, zu gehen, geschweige denn zu arbeiten. Ich habe mich mehr dem Gebet gewidmet. Ich überließ die Arbeit meinen Söhnen unter der Leitung von Joseph, der der Älteste war. Wir lebten gut und hatten genug, aber ich flehte Gott immer wieder an, das Schicksal von Jesus zu ändern und ihn nicht aus diesem Kelch trinken zu lassen.

- **Vater, kommst du?** - fragte Jesus und unterbrach mein Gebet.
- **Ja, Jesus. Sag deiner Mutter, sie soll das Essen servieren, und ich werde abwaschen.** - Ich habe geantwortet.
- **Richtig, Vater.** - Jesus hat es mir gesagt.
- **Jesus, warte.** - Ich rief ihn zurück, während ich mich wusch.
- **Nein, Vater.** - Jesus sagte.
- **Erinnern Sie sich an Mara's Brunnen?** - fragte ich.
- **Ja, ich erinnere mich.** - Er antwortete mir.

- **Wie schmeckt das Wasser, wenn man es in den Kelch gibt?** - Ich fragte weiter.
- **Bitter, schrecklich zu trinken.** - Jesus antwortete.
- **Wenn Sie mit Gott sprechen, denken Sie an diese Wasser.** - Ich sagte es ihm, ohne noch etwas hinzuzufügen, und wir gingen hinein, um zu Abend zu essen.

Die Zukunft Jesu war etwas, das ich mir nicht vorstellen konnte und auch nicht vorhersagen wollte. Während ich ihn aufwachsen sehe, tut es mir leid für die enorme Last, die ich auf seine Schultern gelegt habe und an der ich mitschuldig und fahrlässig war. In Wahrheit hatte ich keine Überzeugung mehr von meinen eigenen Entscheidungen. Was ich wusste - und hoffte - war, dass die Geburt Jesu keine Aneinanderreihung trauriger Zufälle war, denn ein Leben ist zu wichtig, um es inmitten von Zufällen zu finden. Alle anderen Frauen, die in jener traumatischen Nacht vergewaltigt wurden, wurden nicht schwanger, nur Maria, und das konnte kein Zufall sein, auch wenn unser Wunder nur das unsere war, denn nur diejenigen, die eines brauchen, verstehen ein Wunder, während diejenigen, die sich nicht im Leid quälen, die Erleichterung einer Heilung nicht kennen, diejenigen, die nicht im Sterben liegen, die Freude am Leben nicht kennen.

Da das von mir vorgestellte Personal nie entjungfert wurde, war alles sehr verwirrend. Ich habe immer an die biblischen Prophezeiungen geglaubt und weiß, dass der Thronfolger Davids zurückkehren wird. Ich kann nicht glauben, dass ich selbst, ein Nachkomme Davids, zufällig dort war. Vielleicht konnte mein Herz, das bereits gelernt hatte, Vater zu sein, noch nützlich sein, und ich lernte ihn zu lieben, als sich unsere Hände zum ersten Mal berührten, als ich ihn an meine Brust drückte und er zum ersten Mal ein anderes Herz als sein eigenes oder das seiner Mutter sehen konnte.

- **Jesus, heute sprichst du das Gebet der Danksagung. -** Ich habe es ihm gesagt, bevor wir gegessen haben.
- **Vater, gesegnet bist du, Adonai, unser Gott, König des Universums, der Brot aus der Erde hervorbringt; Vater, gesegnet bist du, Adonai, unser Gott, König des Universums, der verschiedene Arten von Nahrung schafft; Vater, gesegnet bist du, Adonai, unser Gott, König des Universums, der die Frucht des Weinstocks schafft. -** Jesus hat gebetet.
- **Jesus, warum hast du das Wort "Vater" zu unseren Gebeten hinzugefügt? -** fragte ich.
- **Denn wenn ich an Gott denke, stelle ich mir dein Gesicht vor, Vater. -** Er antwortete mir, ohne dass ich eine Reaktion zeigte.
- **Was meinst du, Jesus? Das ist Ketzerei. Gott ist Geist, wir können uns kein Bild oder eine Darstellung von ihm machen. -** habe ich gefragt.
- **Ich weiß, aber Gott ist nichts anderes als ein Vater, der Vater von uns allen, und es kann keine engere Beziehung geben als die zwischen Vater und Sohn. Warum kann ich unsere Freundschaft nicht in meine Hingabe an Gott einfließen lassen? Wenn ich mich umschaue, sehe ich, dass wir so unterschiedlich sind. Und doch sind wir nicht das Werk desselben Gottes? Einige von uns suchen Frieden, andere Krieg, aber liebt Gott nicht beides? Vater, ich weiß, dass ich nicht diejenige bin, die du wolltest, dass ich nicht die Frucht bin, die du erwartet hast, dass du aufhörst, wenn du mir Zuneigung zeigen willst, aber hast du mich deshalb weniger geliebt? Nein, und ich möchte, dass die Welt von dieser Liebe angesteckt wird. -** Er antwortete mir.
- **Jesus, ich halte mich mit meiner Zuneigung zu dir nicht zurück, weil du nicht der Sohn bist, den ich mir gewünscht habe, sondern weil du einen sehr schweren Weg vor dir hast und ich nicht möchte, dass das, was wir füreinander empfinden, dich morgen daran hindert, Gottes Pläne in deinem Leben zu verwirklichen. -** Ich habe geantwortet.

- **Vater, nur diese gegenseitige Zuneigung wird mir die Kraft geben, einen solchen Weg zu gehen. - Er** antwortete mir.
- **Jesus, ich bin alt und ich weiß nicht, wie lange ich noch an deiner Seite sein werde. Die größte Angst eines Vaters ist die, seinem eigenen Sohn nicht helfen zu können. -** Ich habe geantwortet.
- **Vater, wenn du mit mir die Person teilst, die du bist, und nicht nur das, was du weißt, wirst du für immer an meiner Seite bleiben, denn wohin ich auch gehe, werde ich dich mitnehmen. -** sagte Jesus zu mir, und ich war sprachlos.

Dieser Dialog hatte mich ziemlich erschüttert. Bevor wir zu Bett gingen, traf ich Jesus auf der Rückseite des Hauses, während ich über diese Worte nachdachte. Alles in mir veränderte sich, und ich war alt genug für Veränderungen.

- **Haben die Heiligen Drei Könige Ihnen diese Vorstellungen von der Verbindung zwischen Vaterschaft und Gott vermittelt?** - fragte ich.
- **Aber immer, wenn ich von dieser göttlichen Rückkehr hörte, musste ich an dich denken, und ich habe dich in den letzten drei Jahren sehr vermisst. -** Er antwortete mir.
- **Aber wenn ich dich besuchte, hast du kaum mit mir gesprochen, du warst immer bei deiner Mutter und Gaspar. -** Ich habe geantwortet.
- **Zu wissen, dass du da warst, hat mich getröstet, denn an den anderen Tagen habe ich nur versucht, die Tage zu zählen, damit diese sieben Jahre schnell vergehen.** - Du hast mir geantwortet und mich zu Tränen gerührt.
- **Jesus, vergib mir, wenn ich abwesend war, aber das Schicksal, das du für dich beschlossen hast, verzehrt mich innerlich, und ich kann es nicht akzeptieren. -** Ich habe unter Tränen geantwortet.
- **Die Dinge sind so, wie sie sein müssen, Vater, und wir müssen glauben, dass alles einen Sinn hat. Wusstest du, dass ich am heiligen Tag des Zoroastrismus**

geboren wurde, bevor der Frühling begann, am letzten Dienstag, weshalb sie die Geschenke mitnahmen, um sie in der Karawane zu verteilen? - sagte er zu mir.

- **Nein, dieses Detail war mir nicht bekannt. Aber Geschenke haben nicht nur diese Bedeutung in Ihrem Leben, besonders.** - Ich habe geantwortet.
- **Auf jeden Fall, Vater, ist ein Geschenk immer ein Geschenk, eine Möglichkeit, Bündnisse zu schließen, Frieden zu schließen, egal wie nützlich sie auch sein mögen. Und ich bin ein Geschenk für die Menschheit.** - Er antwortete mir.
- **Jesus, du weißt es nicht, du bist nicht Gott, um eine solche Verantwortung zu übernehmen.** - Ich sprach mit zitternder Stimme zu ihm.
- **Vater, eine Prophezeiung wird nur dann wahr, wenn wir daran glauben, dass sie wahr wird, und wie könnte man besser an eine Prophezeiung glauben, als wenn man ein Teil von ihr wird?** - Er antwortete.
- **Willst du, dass all das, was die Propheten gesagt und die Heiligen Drei Könige beschlossen haben, auch dir widerfährt?** - fragte ich.
- **Vater, ich sage nur, dass eines Tages jemand diese Prophezeiung zum Leben erwecken muss.** - Er sagte zu mir.
- **Aber es muss nicht heute sein und es sollte nicht Sie treffen.** - sagte ich ihm und klammerte mich an seinen Hals, während er sich an meiner Taille festhielt.

Diese Umarmung dauerte so lange, dass wir nicht spürten, wie die Stunden vergingen. Seine Worte waren zärtlich und wahr, und sie durchdrangen meine Seele. Ich sollte ihn nicht nur lehren, wie man lebt, sondern ihm zeigen, wie man lebt, und ihm die Gewissheit geben, dass ich in jeder Notlage, solange ich lebe, immer da sein werde. Es war jedoch sinnlos, ihn von dieser Absicht und diesen Prophezeiungen abhalten zu wollen, und bei seiner Bar-Mizwa wurde alles sehr deutlich.

- **Heute haben sich diese Worte erfüllt.** - Sagte Jesus am Ende der Lesung aus Jesaja 61,1.

- **Wie meinen Sie das?** - fragte Nikodemus.
- **Aber was bedeutet das, Joseph?** - fragte Gamaliel mich.
- **Beruhige dich, Gamaliel, es muss nur eine Interpretation des Testaments sein, die besagt, dass uns gute Dinge widerfahren werden.** - Ich habe versucht, sie zu beruhigen.

Einige in der Menge sagten, er sei mein Sohn, der in Galiläa lebte, und ich wusste nicht, was ich sagen oder tun sollte. Die Älteren wollten ihn verprügeln, und das habe ich vorausgesehen.
- **Wenn jemand meinen Sohn anrührt, wird er vor dem römischen Gericht wegen Körperverletzung an Unschuldigen und falscher Anschuldigung angeklagt.** - rief ich und brachte die bösen Zungen zum Schweigen.

Ich konnte nur sehr wenig tun. Die Lehren der Heiligen Drei Könige waren in sein Mark eingedrungen und konnten nicht mehr aus ihm herausgerissen werden, sie waren bereits Teil seines Wesens. Ich wusste nicht, wie ich mich verhalten sollte, denn ich wollte weder aufdringlich sein, noch seine Ausbildung weiter schädigen. Nach seiner Bar Mitzwa war er bereits ein Mann und sollte für seine eigenen Entscheidungen verantwortlich sein, auch wenn diese mich schwer verletzen könnten. Ich für meinen Teil versuchte, in jedem Moment seines Lebens anwesend zu sein, viel mehr, um an seiner Seite zu sein, aber ich hatte nicht viel Gesundheit, um ihn ständig zu begleiten.

Ein oder zwei Tage in der Woche fuhr ich mit ihm nach Tiberias, damit er sich mit Gleichaltrigen vergnügen konnte. Manchmal fischten wir gemeinsam in dem Boot, das meinem Freund Zebedee gehörte und jetzt von seinen Söhnen benutzt wird. Manchmal beobachtete ich ihn einfach beim Spielen mit seinen Brüdern Simon und Johannes, seinen Cousins Matthäus, Jakobus und Thaddäus, den Söhnen meines Bruders Alphäus, und den Söhnen des Zebedäus, Simeon, Jakobus und Andreas, während ich im Schatten einer beliebigen Palme saß. Am Ende des Tages kehrten wir in unser Haus zurück.

- **Maria? Ich glaube, ich habe heute gesehen, wie Gaspars Sohn Jesus aus der Ferne beobachtete, als er auf dem See von Galiläa spielte. -** sagte ich zu Maria, als wir vom Angeln zurückkamen und noch immer das Haus betraten.
- **Sind Sie sicher, Joseph? -** fragte Maria.
- **Ich glaube ja. Ich bin mir jedoch sicher, dass die Heiligen Drei Könige in der Lage wären, ihn nur zur Beobachtung hier zu behalten. -** Ich fügte hinzu.
- **Vielleicht hast du falsch gesehen, Joseph. Ich sah, wie der Junge mit den Soldaten, die ihn begleiteten, wegging. -** antwortete Maria.
- **Ja, vielleicht liegt es nur an meinem müden Augenlicht. -** erwiderte ich, um das Gespräch nicht zu verlängern.

Ich habe an diesem Tag nicht viel darauf geachtet, herauszufinden, ob ich der Sohn von Gaspar bin oder nicht. Ich wollte meinen Lebensabend damit verbringen, Jesus zu lehren, wie man ein Mann ist, denn wenn er den Weg, der ihm vorgezeichnet war, wirklich gehen wollte, brauchte er Integrität und Unterscheidungsvermögen. Die Jahre, die dem Wirken Jesu vorausgingen, verbrachte ich fast ausschließlich in meiner Gesellschaft. Ich habe ihm nicht nur beigebracht, ein Tischler zu sein, sondern auch, dass er in der Lage ist, etwas zu Ende zu bringen, was er angefangen hat, dass er ein Ziel hat und es mit Entschlossenheit erreicht, und dass er ihm immer die Wahrheit ins Gesicht sagt, egal wie schmerzhaft es sein würde. Wenn ich jedoch allein war, entweder weil Jesus mit seinen Brüdern, Verwandten und Freunden spielte oder weil Jesus mit Josef und Simon arbeitete, musste ich an all das denken, was ich mit Maria auf der Suche nach Erlösung getan hatte.

- **Wir müssen uns selbst erlösen, Maria, und wenn Jesus wirklich der Christus ist, hätte alles, was wir getan haben, einen gerechten Grund.** - Ich sagte es ihm.
- **Joseph, was sagst du dazu? Sie wissen, dass wir diese Dinge nicht laut aussprechen dürfen.** - Er antwortete mir
- **Maria, ich bin alt, ich weiß nicht, wie viel Zeit ich noch habe, ich möchte in Frieden sterben. Kein Geheimnis währt ewig.** - sagte ich zurück.
- **Joseph, niemand weiß, dass an diesem Tag meine Schwester Maria Cleoppa, die meine Zwillingsschwester ist, an meiner Stelle den Berg bestiegen hat. Wie kann ich das jetzt sagen?** - antwortete Maria.
- **Und es spielt auch keine Rolle mehr, Maria. Es ist schon lange her. Wir wissen jedoch, dass du dich in Alpheus' Haus versteckt hast, während ich auf der Flucht war, um meine Unschuld zu beweisen und deine Schwester aus dieser Situation zu befreien.** - Ich habe versucht zu erklären.
- **Joseph, weil wir keine andere Möglichkeit hatten und ich der Verlassene war, während Cleofa im Schutz unseres Hauses aufwuchs.** - Er versuchte, sich zu rechtfertigen.
- **Maria, das Wichtigste ist, ein reines Gewissen zu haben. Während Kleoppa an deiner Stelle ging, um von dem bitteren Wasser zu trinken, hast du im Haus des Alphäus mit Susanna und Abigea zu unserem Gott geschrien. Als deine Schwangerschaft für alle, die das Theater gesehen haben, zum Rätsel wurde, bist du in die Sicherheit von Elisabeths Haus gegangen.** - Ich versuchte zu erklären, aber sie unterbrach mich schreiend.
- **Warum bestehst du darauf, mich zu misshandeln, Joseph? Warum tun Sie das? Es ist nicht meine Schuld. Meine Eltern legten das verfluchte Gelübde ab, das Kind, das aus dieser wundersamen Schwangerschaft hervorging, dem Tempel zu spenden, und als meine Mutter erfuhr, dass sie mit Zwillingen schwanger war, übergab sie nach der**

Geburt nur einen von uns der priesterlichen Fürsorge, nämlich mich, mich, Joseph, mich.** - sagte sie zu mir, schreiend und weinend.

- **Ich gebe dir keine Schuld, Maria. Ich versuche Ihnen zu zeigen, dass Sie keine Angst vor irgendetwas anderem haben müssen, denn Gott hat durch die Bewahrung von Ihnen und Jesus gezeigt, dass er mit uns ist. Als ich von dem Wasser trank, war ich unschuldig, aber Gott, der unseren Plan sah, hätte uns auch töten können, aber hier sind wir.** - Ich erklärte.
- **Und warum ich? Warum haben sie mich im Stich gelassen? Hätten sie mich nie im Stich gelassen, wäre das, was mir passiert ist, nicht passiert.** - Zwischen Schluchzen und Tränen schrie sie mich an und schlug mir auf die Brust.
- **Maria, hast du immer noch Mitleid mit deinen Eltern? Aber wenn sie dich nicht im Stich gelassen hätten, wie hätten wir dann zueinander gefunden? Ist dir nicht klar, dass alles, was dir passiert ist, uns hierher gebracht hat? Die Umstände sind nicht immer so, wie wir sie erwartet haben, Maria, aber sie bringen uns immer an den Ort, an dem wir heute sind.** - antwortete ich und drückte sie fest an mich.

Es war sogar so, als ob alles geplant gewesen wäre. Eine Schwangerschaft in Anas Alter, die statt eines Wunders zwei hervorbringt, zwei Marias werden geboren, und nur eine wird in die Obhut des Tempels gegeben, eben meine Maria. Gottes Pläne sind nicht immer die perfekten Wege, die wir uns vorstellen. Meistens werden seine Pläne aus den schrecklichsten und verzweifeltsten Umständen geboren, mit denen wir konfrontiert sind. Und aus dieser Verzweiflung heraus wird Jesus geboren, ein möglicher Messias, die Frucht einer alten Prophezeiung, aber ich will keinen anderen Messias, ich will nur den, den ich als meinen Sohn angenommen habe.

Während Maria sich weinend an meine Brust klammerte, fühlte ich mich immer machtloser. Älter, ohne Kraft, fand ich keine Reaktion in mir, und meine Bemühungen, Jesus von seinem Weg abzubringen, waren nutzlos. Wenn wir am See Genezareth spazieren gingen, sah ich schon oft, wie er seinen Brüdern, Cousins und Freunden seine Konzepte beibrachte, anstatt sich wie sonst zu amüsieren. Diese acht Kinder wuchsen unter einer ganz anderen Auslegung des Gesetzes auf, als wir es gewohnt waren. Jesus wusste, dass es keinen besseren Weg gab, um Jünger zu formen, als sie zu lehren, solange sie noch klein waren, wie er selbst es getan hatte.

- **Es wird nicht einfacher, wenn wir die Antworten oder Erklärungen zur Lösung eines Problems haben. Meistens spielt es keine Rolle, wie wir das Problem angehen, weil es einfach keine unmittelbare Lösung gibt, und wir müssen darauf vertrauen, dass in diesem Leben alles demselben Fluss folgt und in dieselbe Richtung oder göttliche Absicht geht. -** Jesus sagte.
- **Vielleicht haben Sie Recht. -** erwiderte André.
- **Ich hoffe es, denn ich habe mich diesen Wahrheiten anvertraut. Ich habe deinen Bruder Andrew Simeon nie wieder gesehen. -** Jesus sagte.
- **Er hat die Boote und den Handel unseres Vaters übernommen. -** Antwortete James.
- **Aber ich zähle auf ihn, damit diese unsere Initiative ihre Ziele erreicht. -** Jesus sagte.
- **Wenn der Moment gekommen ist, Jesus, wird Simeon mit Sicherheit dabei sein. -** sagte André.
- **Jesus, es ist Zeit, nach Hause zu gehen -** rief ich aus der Ferne und versuchte, ihn aus diesem Gespräch herauszuholen.
- **Ich muss gehen. -** sagte Jesus und wandte sich von seinen Freunden ab.
- **Haben die Heiligen Drei Könige euch diese Dinge gelehrt und euch gesagt, ihr sollt Jünger machen? -** fragte ich auf dem Weg zurück zum Haus.

- **Sie sagten mir, dass es viel einfacher wäre, das
  Gewissen der Menschen zu ändern, wenn man so früh
  wie möglich damit beginnen würde.** - Jesus antwortete.
- **Und dann dachten Sie daran, Ihre Brüder, Cousins
  und die Söhne des Zebedäus zu indoktrinieren.** - Ich
  habe geantwortet.
- **Anfangs nicht. Ich habe damals versucht zu
  unterrichten, als ich gerade aus Shiraz zurückgekehrt
  war, wissen Sie noch? Aber obwohl sie sich über
  meine Auslegung der Schriften wunderten, wollten sie
  mir nicht zuhören. Als wir dann zum Fischen an den
  See Genezareth kamen, kam mir die Idee, mit einer
  kleinen Gruppe von höchstens zwölf Personen zu
  beginnen, um an die Patriarchen und die Stämme
  Israels zu erinnern, aber es sind immer noch neun.** -
  Jesus erklärte.
- **Neun? Sie meinen, bei Ihnen sind es neun, fair?** -
  fragte ich.
- **Nein, es ist nur so, dass Gaspars Sohn uns aus der
  Ferne verfolgt.** - Jesus antwortete, was mich verblüffte.

Ich war mir sicher, ihn gesehen zu haben, und
das bedeutete, dass Gaspars Sohn uns seit siebzehn
Jahren nachspioniert hatte. Sicherlich war er nur da, um
sicherzustellen, dass der Plan der Heiligen Drei Könige in
Erfüllung geht. Ich war von dieser Realität abgestoßen,
denn ich habe nie geglaubt, dass die göttlichen Pläne der
menschlichen Wachsamkeit bedürfen, und ich begann
Jesus zu raten, alles aufzugeben, was man ihn gelehrt
hatte, die Person, die er sein sollte.

Wenn Maria unsere Gespräche mit anhörte,
machte sie mir hin und wieder Vorwürfe, dass ich ihr
solche Ideen eingeimpft hatte, und korrigierte mich, dass
ich ihn nicht zum Aufgeben ermutigen sollte.

- **Sehen Sie sich an, was Sie Ihrem eigenen Kind antun.
  Es ist Ihre Sache und nicht meine, wer sind Sie, dass
  Sie entscheiden, was er sein oder tun soll? Das Leben
  ist ein Geschenk Gottes, und jeder muss für sich
  selbst entscheiden, wie er es leben will. Aber du und**

diese Zauberer haben den Kopf des Jungen mit Illusionen gefüllt, er ist jetzt kein Mann, weil er noch nie eine Frau getroffen hat, was ist das für ein Leben, in dem man daran gehindert wird, seine eigenen Träume zu leben?** - rief ich Maria entgegen.

- **Ich weiß, dass du ihn liebst, Joseph, und dass ich, wenn es möglich wäre, seinen Platz auf diesem Weg einnehmen würde, aber die Heiligen Drei Könige, oder ich selbst, wie du sagst, haben nur einen Weg zu Jesus gezeigt. Die Entscheidung, diesen Weg zu gehen, liegt immer noch ganz bei ihm. Bitte beleidigen Sie mich nicht mehr, das ist nicht meine Form der Erlösung, es ist eine Bürde, die ich seit meiner Vergewaltigung auf mich genommen habe, und nur damit Sie es wissen, denn Sie scheinen nichts zu beachten, Jesus hat sich in Magdalena verliebt.** - Er antwortete mir

- **Für die Witwe? So viele jungfräuliche Mädchen aus guten Familien in Israel, und er verliebt sich in eine Witwe? Und wer lebt noch weit weg, in Judäa?** - Ich habe geantwortet.

- **Ich habe mich nicht in sie verliebt, ich weiß nur, dass sie das Beste für mich ist, so wie ich das Beste für sie bin. Sie leben die Liebe immer noch auf eine illusionäre Weise, die entweder in einem legalistischen oder in einem moralistischen Kontext stattfinden kann, während Liebe die Entscheidung ist, dem anderen Gutes zu tun, auf Gegenseitigkeit. Schaut euch selbst an! Es vergeht kein Tag ohne Streit in diesem Haus, und ist das Liebe für dich? Was habt ihr euch gegenseitig Gutes getan?** - unterbrach Jesus, der uns im Verborgenen zuhörte.

- **Du liebst sie also nicht für ihre Schönheit oder ihr Aussehen?** - fragte ich.

- **Ich liebe sie ganz und gar, für das, was sie ist und für das, was sie sein wird, denn ihre Schönheit wird nicht ewig währen, im Gegensatz zu dir, der du meine Mutter genommen hast, weil sie jung und jungfräulich war, weil du in einem Kontext lebst, in dem das Gesetz perfekt zu sein scheint, obwohl es nur das**

Schlechte offenbart. Sehen Sie sich an, was mit ihnen geschehen ist. Die Jungfrau wurde vergewaltigt, und beide belogen die Priester, um das Gesetz zu umgehen, wie es David und Bathseba taten, so dass sie heute nicht mehr in Gemeinschaft leben können, weil die Entscheidung, sie ungeachtet der unvermeidlichen Umstände dieses Lebens zu lieben, nicht im Herrn getroffen wurde. Ich liebe Magdalene für das, was sie ist, und für alles, was das Leben uns antun kann, so wie du meine Mutter liebst, unabhängig davon, was du von ihr hältst. - Jesus antwortete mir.

- Ich liebe deine Mutter in der Tat, und zwar viel mehr, als du dir vorstellst und beurteilst, und ich rate dir, deine Sprache in diesem Haus zu mäßigen und die Entscheidungen zu respektieren, die wir getroffen haben, denn sie haben dich am Leben erhalten. - Ich habe geantwortet.
- Vergib mir, Vater. - Jesus antwortete und ging weg.
- Du weißt, dass ich dich liebe, nicht wahr, Maria? - fragte ich sie.
- Ja, und du weißt, dass du mein Leben bist, nicht wahr? - Maria antwortete mir.
- Ja, ich weiß. Verzeihen Sie mir, dass ich so unnachgiebig bin. - Ich habe geantwortet.

Am Ende, gedämpft durch die Weisheit Jesu, wussten wir alle, wer er wirklich war oder sein sollte. Das Judentum hatte sich nie mit dem Heidentum anderer Kulturen verbündet, aber an einem bestimmten Punkt verstanden wir, dass die in der Vergangenheit gegebene messianische Verheißung wiederholt werden sollte, wie uns die Heiligen Drei Könige erklärt hatten, da sie alle von derselben adamischen Wurzel abstammten. Schließlich verstanden wir, dass die Prophezeiung nicht nur unser Eigentum war und dass ein potenzieller messianischer Kandidat in der Lage sein würde, die Unterschiede zwischen Wissen und Erfüllung in sich aufzunehmen, so wie es bei Maria der Fall war, denn der Wunsch, die

Mutter des Messias zu sein, ist etwas völlig anderes als ihn im eigenen Schoß zu finden.

Unsere Aufgabe bestand also nicht nur darin, ihn großzuziehen, sondern ihm eine Bestimmung, ein Ziel zu geben, so schmerzhaft das auch für uns sein mag. Ich konnte mich jedoch nicht zurückhalten und versuchte auf jede Weise, ihm dieses Schicksal zu ersparen. Aber in meinem fortgeschrittenen Alter begannen die Pläne, die Jesus für sein Leben gemacht hatte, Gestalt anzunehmen, und seine treuen Freunde aus der Kindheit folgten ihm, als er begann, öffentlich zu predigen. Als Jesus sich vorstellte und sie rief, waren ihre Herzen bereits seinen Lehren treu und sie verstanden, dass es an der Zeit war. Ich schaute Jesus an und hatte große Angst davor, nicht an seiner Seite zu sein, wenn ihm etwas zustieß. Ich wusste jedoch nicht, welchen Schritt ich unternehmen sollte.

- **Joseph, Jesus wird in Tiberias wegen des Inhalts seiner Botschaften heftig angegriffen. -** Alphaeus kam keuchend zu mir.
- **Lass uns zu ihm gehen.** - fragte ich, als ich aufstand.

Ich suchte Kraft in dem Stab, den er zur Unterstützung benutzte, und rannte verzweifelt auf ihn zu. Als ich am Ufer des Sees Genezareth ankam, sah ich, wie die Menge ihn umringte, während er auf einem Felsen stehen blieb und ihnen die neue Botschaft, die gute Nachricht, wie sie sie nannten, verkündete. Ich kam nahe genug heran, dass er mich sehen und hören konnte.

- **Mein Gott, das reicht jetzt. Lass uns nach Hause gehen.** - sagte ich ihm und unterbrach seine Rede.
- **Ich sage Ihnen, dass die größten Feinde, denen wir begegnen, diejenigen in unserem eigenen Haus sind, die unsere Stimme zum Schweigen bringen wollen, weil sie Angst vor Veränderungen haben. -** sagte Jesus, als er mich sah, seufzte und mir in die Augen sah.
- **Jesus, zwing mich nicht, ihn zu nehmen. -** Ich habe geantwortet.

- **Hört gut zu, denn ihr müsst euch nicht vor Rom, Babylon, Persien, Ägypten oder irgendjemandem fürchten, der euch mit Gewalt eure Kleider oder euer Leben nehmen kann, sondern nur vor dem, der euch, nachdem er euch das Leben genommen hat, noch ewige Qualen bereiten kann.** - Jesus antwortete mit lauter Stimme und sah mir immer noch in die Augen.
- **Aber welcher Sturm könnte schlimmer sein als die Leiden in diesem Leben?** - rief Simeon aus der Menge.
- **Mit dem Wissen zu sterben, dass die Angehörigen noch leiden werden und man nichts dagegen tun kann.** - Jesus antwortete und wandte sich an die Menge.
- **Aber welches Leiden ist schlimmer als der Tod?** - fragte André und ermutigte die Massen.
- **In der Täuschung zu bleiben, in einer Illusion zu leben, denn nur die Wahrheit kann unsere Seele von den Ketten befreien, die uns auferlegt wurden.** - Jesus antwortete.
- **Es reicht, Jesus. Das ist nicht deine Pflicht, du darfst es nicht allein leben und dich nicht zu solchem Leid zwingen. - Ich** habe versucht, ihn davon abzubringen.
- **Deshalb sind die Worte, die ich heute verkünde, nicht dazu bestimmt, euch Frieden zu bringen, sondern Krieg. Den einen gegen den anderen, den Bruder gegen den Bruder auszuspielen, bis die Wahrheit die Oberhand gewinnt, bis wir uns alle von innen heraus verändern.** - sagte Jesus und sah den Sohn von Gaspar direkt an.
- **Simon, halte ihn von hinten fest, während Alphäus, Johannes und ich ihn mit den Seilen vorne festhalten, und so bringen wir ihn nach Hause, bevor seine Worte den Hass der Obrigkeit erregen.** - Ich habe mit meinen anderen Söhnen und meinem Bruder geplant.

Während Simon seine Position einnahm und um die Menschenmenge herumging, um Jesus auf der anderen Seite zu erreichen, lief der Sohn von Gaspar, der den Plan bemerkte, auf Jesus zu und sagte ihm, er solle sich der Menschenmenge nähern, die bereits etwa 500 Personen umfasste. Als ich Alphäus an dem Ort traf, an dem wir Jesus vermuteten, war er bereits von einer unüberwindbaren Menschenmenge umgeben.

- **Warum bist du immer noch hier und mischst dich immer wieder in unser Leben ein? -** sagte er und packte Gaspars Sohn am Arm.
- **Ich bin der ältere Bruder von Jesus, und ich bin derjenige, der dient. -** Er antwortete mir.
- **"Isk arioth, komm. -** rief Jesus und hinderte Gaspars Sohn daran, sich mit mir zu streiten.

JUDAS

- **Es gibt einen Zustand, der schlimmer ist als der Tod.** -
  Jesus lehrte.
- **Und was soll das sein?** - fragte ich mit einem
  sarkastischen Tonfall und einem Lächeln auf den Lippen.
- **Die, in der man am Leben bleibt, um denjenigen
  sterben zu sehen, den man liebt**. - Er antwortete mir.

Wir waren mehr als zweitausend Leute, aber
diese Worte gingen mir direkt zu Herzen. Diese verdammte
Predigt hat mich in jeder Hinsicht gepackt. Es war richtig,
und ich fand mich verloren zwischen meiner Mission und
den Worten Jesu. Seit ich Persien verlassen hatte, um den
7-jährigen Jesus zu seinen Eltern zurückzubringen, hatte
sich viel in ihm und auch in mir verändert. Ich folgte ihm
in einigem Abstand, wie ein Bettler auf der Straße. Mein
Vater Gaspar schickte mir jede Woche Mittel zum
Überleben, aber es war besser, ein scheinbarer Bettler zu
bleiben und nicht aufzufallen. Die Mission, die mir
anvertraut worden war, hallte noch immer in meinen
Gedanken wider, und ich schwankte zwischen dem
brüderlichen Gefühl, das ich für Jesus empfand, und der
Pflicht gegenüber der Menschheit.

- **Judas, weißt du, was du tun solltest?** - fragte Papa mich,
  bevor ich mit Jesus wegging.
- **Ja, ich muss ihn seinen Eltern übergeben und ihm
  immer folgen, aber unauffällig.** - Ich habe geantwortet.
- **Ganz genau. Schreiben Sie alles Wichtige über ihn auf,
  bleiben Sie immer im Verborgenen, aber wenn er
  zufällig Hilfe braucht, mein Sohn, vermeiden Sie es
  nicht, ihm zu helfen. Du wirst sein älterer Bruder sein
  und als solcher solltest du dich um ihn kümmern.** -
  sagte mein Vater, Gaspar.

Ich war erst 14 Jahre alt, doppelt so alt wie
Jesus, und kannte nichts anderes als Shiraz. Aber es war

nicht die Reise, die mir Angst machte, sondern das, was diese Mission von mir verlangen würde. Ich würde mich der Herausforderung mit dem Mut eines Mannes und dem Blick eines Kindes stellen. Zwei Diener würden uns während der Reise bewachen, aber ich fühlte mich trotzdem unglaublich verletzlich. Mit der Angst eines Menschen, der zum ersten Mal vor dem Unbekannten steht, bereitete ich unsere Sachen vor, organisierte unsere Tiere und wir machten uns auf den Weg in Richtung Nazareth, um den Weg in eine neue Welt zu öffnen und alles, was ich bis dahin gekannt hatte, hinter mir zu lassen. Ich umarmte meine Mutter Fatima und sagte ihr, dass ich sie nicht enttäuschen würde, während sie mich zärtlich ansah und mir sagte, dass ich bereits ihr größter Stolz sei, und mit einer Handbewegung verabschiedete ich mich von meinem Vater, nicht wissend, ob wir uns wiedersehen würden, nicht wissend, ob er mich auch dann noch lieben würde, wenn ich bei meiner Mission scheitern würde.

Seit sie Jesus zu uns gebracht haben, um unsere Künste zu erlernen, haben wir unsere Bindungen verstärkt. Ich habe ihm bei der Hausarbeit geholfen, ich habe ihm die ersten Schritte beigebracht, zu spielen, zu lächeln, hinzufallen und wieder aufzustehen. Im Alter von vier Jahren war er jedoch viel geschickter als jedes andere Kind, es war, als ob er alles, was uns beigebracht wurde, auf natürliche Weise aufnahm.

- **Judas, wohin gehen wir?** - fragte mich Jesus und unterbrach meine Gedanken.
- **Zum Haus deiner echten Eltern, und nenne mich ab heute nur noch isk arioth.** - Ich habe geantwortet.
- **Isk arioth!? Wie du willst, Bruder!** - rief Jesus aus.
- **Erinnerst du dich an deine Eltern, Jesus?** - fragte ich.
- **Natürlich erinnere ich mich mehr an meine Mutter, die mich von Zeit zu Zeit besuchte, nicht immer in Begleitung meines Vaters, aber immer in Begleitung meiner Brüder und Schwestern. Ich erinnere mich,**

dass eines Tages auch meine Cousins und Cousinen kamen. - Er antwortete mir.

Die Reise war lang, und unterwegs ruhten wir uns in unseren Zelten aus und träumten davon, was er tun würde, welche Träume er sich erfüllen wollte.
- **Ich habe nicht viele Träume, ich glaube, ich möchte einfach den Zweck erfüllen, für den ich geboren wurde.** - Jesus hat es mir gesagt.
- **Das war's? Sonst nichts?** - fragte ich.
- **Vielleicht eine schöne Frau heiraten.** - Er antwortete mir.
- **Es wäre wichtiger, eine gute Frau zu heiraten.** - Ich erwiderte.
- **Und ist es nicht das Gleiche?** - fragte er mich.
- **Nein. Eine schöne Frau ist nicht immer eine gute Frau.** - Ich erklärte.
- **Ich hab's. Bruder, glaubst du, dass ich wirklich derjenige bin, von dem Zarathustra gesprochen hat?** - fragte Jesus mich.
- **Bis jetzt ist alles so eingetreten, wie er es vorausgesagt hat, also muss es sein, es kann kein Zufall sein, Jesus. Du bist derjenige, der allen Völkern Frieden gebracht hat.** - Ich habe es ihm erklärt.
- **Und du, Bruder, was planst du für deine Zukunft?** - fragte er mich.
- **Ich hoffe nur, dir ein guter Bruder zu sein, Jesus.** - Ich habe geantwortet.

Als wir in Nazareth ankamen, übergab ich Jesus, wie versprochen, an Maria.
- **Judas, vergiss nicht, dass du mein älterer Bruder bist, ich werde dich nicht vergessen.** - sagte Jesus, packte mich am Arm und umarmte mich, bevor ich ging.
- **Du sollst mich nicht Judas nennen, sagte ich dir, sondern isk arioth.** - erwiderte ich, erwiderte seine Umarmung und küsste ihn auf die Wange.
- **Isk arioth? Was bedeutet das, Jesus?** - fragte Maria ihn, als ich wegging.

- **Es bedeutet auf Persisch 'der, der dient', Mutter!** -
Jesus antwortete.

Ich zog in das Haus der Abhängigkeit auf dem Grundstück der Prophetin Anna, der Tochter Phanuels, und in den folgenden Jahren verfolgte ich stets das Wachstum Jesu und beobachtete ihn als älteren Bruder, was seine wirklichen Brüder nicht taten, denn so oft verspotteten sie ihn und behandelten ihn mit Verachtung, weil er der Auserwählte war, ähnlich dem, was mit Jakobs Sohn geschehen war. Aber Jesus hatte immer die Gesellschaft seines Vaters, was anders war als bei mir, denn es schien, dass mein Vater mich nicht einmal schätzte.

Wöchentlich besuchte mich meine Mutter, brachte mir das Essen, das ich mochte, verbrachte einen ganzen Tag mit mir und kehrte am Abend nach Schiraz zurück. Einmal im Monat begleitete mein Vater sie und brachte das Geld für die Ausgaben vor Ort und für das Schnorren von Waren mit. Ich war ein junger Erwachsener, der in extremer Einsamkeit lebte. Und so dachte ich daran, mich an Jesus zu wenden und ihn zu bitten, meine Anwesenheit in Palästina geheim zu halten. Aber ich musste die Gewohnheiten seiner Familie studieren, um einen Weg zu finden, mich ihm unbemerkt zu nähern.

So fand ich in den engsten Freunden Jesu eine Gelegenheit, denn es war üblich, dass Jesus nach Bethanien in Judäa ging, um einige Tage bei Eleasar, Martha und Maria, den Kindern von Jairus, Marias Cousine, zu verbringen.

- **Ich sehe, Sie haben Ihre Frau gefunden.** - sagte ich ihm, als er sich unbemerkt zwischen den Büschen näherte, während er darauf wartete, dass die Söhne des Jairus ein Seil oder die Steinkugeln zum Werfen brachten.

- **Bruder! Welche Freude! Was machen Sie hier?** - fragte mich Jesus und umarmte mich, überrascht, mich zu sehen.

- **Pst! Nicht so laut, ich will nicht, dass mich jemand sieht. Ich bin nie nach Shiraz zurückgekehrt, es war meine Aufgabe, dich aus der Ferne zu beobachten und zu beschützen.** - Ich erklärte.
- **Und warum haben Sie sich nie zu erkennen gegeben? Warum hast du mich nie besucht?** - fragte er mich.
- **Denn mein Vater hat es mir nicht erlaubt, und auch jetzt bin ich gekommen, um in eigener Sache mit Ihnen zu sprechen. Verzeiht mir, wenn ich es nicht früher getan habe, aber ich wusste nicht, wie ich die Befehle meines Vaters missachten sollte, denn sie wurden ihm direkt von Baltasar erteilt.** - Ich habe es ihm erklärt.
- **Ich verstehe, Bruder, mach dir keine Sorgen, alles ist in Ordnung. Wie geht es Ihnen? Wo wohnen Sie? Brauchen Sie etwas?** - Jesus hat mich immer noch gefragt.
- **Nein, es ist alles in Ordnung. Unsere Mutter, Fatima, kommt mich immer am dritten Tag der Woche besuchen, und mein Vater, Gaspar, begleitet sie einmal im Monat. -** Ich habe geantwortet.
- **Ja, aber wo haben Sie gelebt?** - beharrte er.
- **In Anlehnung an den Besitz der verstorbenen Prophetin Ana, der heute von ihren Kindern verwaltet wird.** - Ich habe geantwortet.
- **Da wir aus Persien kommen?** - fragte er mich.
- **Ja, aber ist das dann diejenige, die deine zukünftige Frau werden soll? -** fragte ich und bezog mich dabei auf Maria.
- **Und wer weiß? Das würde ich gerne. Sie hat mich in Shiraz besucht, weißt du noch?** - fragte sie mich.
- **Nein, ich kann mich nicht erinnern, sie gesehen zu haben.** - Ich habe geantwortet.
- **Ja, bei einem der Besuche meiner Mutter war es da. Aber Jairus versprach es einem reichen jungen Mann. - Er hat** es mir erklärt.
- **Sie kommen, und ich will jetzt nicht gesehen werden, ich muss gehen. Jesus, niemand darf wissen, dass wir uns gesehen haben. Ich werde dich immer hier im**

Haus des Jairus besuchen, wo wir uns ungesehen unterhalten können, verstanden?** - Ich sagte es ihm.

- **Das ist richtig. Friede sei mit dir, Bruder.** - Er sagte es mir.

- **Und auch mit dir, meine kleine Isa.** - erwiderte ich lächelnd und verabschiedete mich von der Vegetation.

Von diesem Tag an trafen wir uns mindestens zweimal im Monat in der Gegend von Bethanien, und ich folgte ihm bei der Ausbildung seines Dienstes, der Schritt für Schritt Jünger sammelte, zuerst einige seiner Brüder, dann seine Cousins, dann die Söhne des Jairus und natürlich auch ich.

- **Alle Gefangenschaften, die Israel erlebte, hatten ihren Ursprung im Ungehorsam und in der starken geistlichen Apathie unserer Vorfahren.** - Jesus sagte.

- **Und Sie sagen, dass wir heute durch eine Gefangenschaft gehen?** - fragte Eleazaro.

- **Was sagen Sie dazu? Was ist der Unterschied zwischen dieser und der babylonischen Gefangenschaft? Damals wurde ein Teil des Volkes ins Exil geführt, ein anderer Teil lebte in den Ruinen von Jerusalem. Der einzige Unterschied besteht darin, dass Rom erkannte, dass es sinnlos war, Menschen in die Sklaverei zu treiben, wenn es sie durch Abgaben an das Imperium zur Arbeit zwingen konnte. Aber darum geht es nicht, denn wenn man nach diesen Vorstellungen arbeitet, wie Sie es getan haben, zum Beispiel Peter, der sich den Eiferern angeschlossen hat, wird sich nichts ändern.** - Jesus antwortete.

- **Und was sollen wir tun? Was hat Levi, dein Cousin, getan, der Steuereintreiber wurde, mit Rom zusammenarbeitete und sein eigenes Volk verriet?** - fragte Peter.

- **Matthäus ist dort, um zu lernen, wie die römische Organisation funktioniert, alles geplant, Petrus, denn du weißt genau, dass jeder von uns ein Revolutionär ist. All dies wird jedoch nichts nützen, wenn unsere Ziele nicht genau festgelegt sind. Wir müssen** erkennen, dass wir das Reich nicht bekämpfen können, wenn nicht im ganzen Volk Israel das Gefühl der Auflehnung aufkeimt. - Jesus antwortete.

- Und wie können wir das tun? - fragte ich.

- Er zeigt, dass wir uns in einer neuen Gefangenschaft befinden, die auf die geistige Armut unserer Priester zurückzuführen ist, die das Gesetz zu ihrem eigenen Vorteil auslegen und mit Rom im Bunde bleiben, um nicht politisch unterdrückt zu werden. Die Priester und die Herrscher Israels stellten sich durch politische Absprachen auf die Seite der Römer, nur um dem Elend zu entgehen, das heute jeden in Israel heimsucht. Von dieser Heuchelei müssen wir uns befreien. - Jesus erklärte.

- Das ist etwas Unmögliches, Jesus. Es ginge darum, den gesamten Glauben Israels zu reformieren. - Thaddeus warnte.

- Die Wahrheit ist, dass es eines Tages von überall und durch jeden beginnen sollte, und ich hoffe, dass wir diejenigen sein werden, die es tun. - Er antwortete.

- Sie kennen die Konsequenzen, die Sie zu erwarten haben, wenn Sie den Sanhedrin offen angreifen, nicht wahr? - sagte sein Bruder Simon.

- Ja, und ich bin sogar bereit, mein Leben zu geben. Und es ist gut, dass Sie verstehen, dass dies meine Entscheidung ist. Niemand wird mir das Leben nehmen, aber seit heute habe ich mich freiwillig dazu entschlossen, es zu tun. Ich sage euch das, damit, wenn die Zeit kommt, falls sie kommt, niemand von euch eingreift, sondern auf meine Entscheidung und auf den Gott, dem wir dienen, vertraut. - Jesus antwortete.

- Es ist gut, dass unser Vater nicht mehr am Leben ist, denn er hätte ein solches Opfer von ihm niemals zugelassen oder akzeptiert. - kommentierte Johannes und erinnerte sich an den Tod von Joseph, der starb, nachdem er versucht hatte, die erste öffentliche Predigt Jesu zu verhindern. Obwohl Josephs Tod natürlichen Ursprungs war, fühlte sich Jesus dennoch schuldig und konnte seine Tränen nicht verbergen, als er die Worte des

Johannes hörte.

So begann das öffentliche Wirken Jesu mit einer Reihe von Reden, die das mosaische Gesetz aus der Perspektive des menschlichen Leidens auslegten, zunächst in der Region Galiläa, wo er bereits bekannt war und eine große Menschenmenge anziehen konnte, und breitete sich dann über Judäa und Samarien aus, bis er die Tore Jerusalems und ganz Palästina erreichte. Seine Botschaften waren eine ganz menschliche Lesart des Glaubens. Die gesamte mosaische Spiritualität wurde zugunsten eines altruistischen Verhaltens aufgegeben. Jesus hörte sich die Klagen der Israeliten nicht nur an, sondern er hatte Mitleid mit ihnen, schenkte ihnen Liebe und Aufmerksamkeit. Als ich ihn ansah, wurde mir klar, dass mehr als zwanzig Jahre vergangen waren und dieses Kind, das mit mir aus Schiraz weggegangen war, mein Meister geworden war. Er hatte jedoch den liebevollen Blick von damals verloren, als wir Schiraz verließen, als ob er etwas wüsste, was ich noch nicht wusste.

- **Wo sollen wir anfangen? Ich glaube, wir sollten direkt nach Jerusalem gehen.** - Sagte Eleasar, als wir im Haus des Alphäus versammelt waren.
- **Mein Freund, du, Martha und Maria können uns immer begleiten, aber weder du noch sie können meine Jünger sein.** - Jesus sagte.
- **Warum? Wegen dem, was ich gerade gesagt habe?** - erwiderte Eleazaro.
- **Nein, ganz und gar nicht, mein Freund, sondern weil wir Israel ein Zeichen geben müssen, und meine Jünger müssen insgesamt zwölf sein, und alle Männer.** - Jesus erklärte.
- **Ja, auch wenn Martha und Maria es nicht können, ich könnte es, und wir wären dreizehn.** - sagte Eleasar.
- **Ich fürchte um seine Gesundheit, er war schon immer sehr schwach, seit er ein Kind war. Ich möchte nicht, dass ihm unerwartet etwas zustößt, denn dann würde ich mich noch schuldiger fühlen. Das ist eine Last,**

die ich nicht tragen will, so sehr wie ich für meinen
Vater empfinde. Ich kann mein Leben opfern, aber
nicht das eines geliebten Freundes. Außerdem werden
wir immer zusammen sein, und das Haus, das Jairus
dir hinterlassen hat, wird uns als Stützpunkt dienen,
wenn wir in Judäa sind, genau wie das Haus des
Petrus. - Jesus erklärte.
- Aber meine Kinder werden bei Ihnen für alles zuständig
sein, oder? - fragte Maria Cleoppa, die Tante von Jesus.
- Wie meinen Sie das? Wir waren von Anfang an
zusammen, es gibt hier keinen Präzedenzfall. - sagte
Bartholomäus.
- Wer der Erste sein will, wird der Letzte sein, und
umgekehrt, Cleofa. Hier gibt es keine Hierarchie, wir
sind alle eine Familie, und ich bin der Erste, der
meinen Brüdern dient. - Jesus antwortete, als er die
Arbeit der Diener erledigte und uns die Füße wusch.
- Nicht alle, denn Petrus, Andreas, Jakobus, Thomas,
Bartholomäus, Philippus und Judas sind nicht
verwandt. - sagte Simon.
- Ich bin mit Judas aufgewachsen, und er hat sich all die
Jahre, seit ich nach Persien gebracht wurde, immer
um mich gekümmert. Petrus, Jakobus und Andreas
waren Jugendfreunde, Söhne eines persönlichen
Freundes meines Vaters. Thomas, Bartholomäus und
Philip arbeiteten mit Joseph, meinem älteren Bruder,
der das Geschäft unseres Vaters übernommen hatte.
Wir sind also Teil einer Familie, denn wir kennen uns
seit unserer Kindheit, und wenn wir in Israel etwas
verändern wollen, müssen wir damit beginnen, den
Zynismus der Überheblichen zu entlarven, die nicht
besser sind als die anderen Israeliten, und noch viel
weniger besser als andere Menschen. Wir werden
nicht wie die pharisäische Kaste sein, die sagt, dass
es die Botschaft des ewigen Lebens gibt, aber dem
Sünder nicht hilft, sondern ihn ausschließt und ihn
vom Tempel und vom Gottesdienst fernhält. Wie aber
kann sich der Sünder selbst erlösen, wenn er nicht
frei ist, seine Opfergaben darzubringen oder seine
Gebete zu sprechen? Genug der Heuchelei, und wenn

wir dieses Gewissen nicht in uns bewahren, werden wir nichts tun und alles wird umsonst sein. - Jesus antwortete.

- **Und was sollen wir dann tun? Was sollen wir tun?** - fragte Thomas.

- **Jeder von ihnen wird eine spezifische und genau definierte Rolle haben.** - Jesus antwortete.

Jesus verteilte die Aufgaben, um die dienstliche Tätigkeit zu dynamisieren. Auf diese Weise waren die Söhne des Zebedäus für die Deckung des Nahrungsmittelbedarfs durch die Fischerei zuständig, die sie von ihrem Vater geerbt hatten. Bartholomäus, Thomas und Philip waren dafür verantwortlich, Zuhörer einzuladen und die Arbeit in den von uns besuchten Regionen bekannt zu machen. Die Brüder und Vettern Jesu sprachen vor den Predigten zu den Menschen, damit die Botschaft das Leid der Anwesenden lindern konnte. Ich verwaltete die Geldspenden für die Steuern und unsere notwendigen Ausgaben, während die Frauen die Bedürftigen aufnahmen und die Lebensmittelspenden verwalteten, die zwischen dem Haus des Jairus und dem Haus des Petrus aufgeteilt wurden, so dass wir sowohl in Galiläa als auch in Judäa Unterstützung hatten. Während der Predigten Jesu mischten wir uns unter die Menge, um Fragen zu stellen und Jesus um Erklärungen zu bitten, was alle dazu motivierte, ihre Beschwerden und Probleme vorzutragen.

- **Du solltest nicht diejenigen hassen, die dich hassen, sonst wird dieser Kreislauf des Hasses niemals enden. Ich weiß, dass die Priester euch wegen eurer Krankheiten und Probleme für verflucht und sündig halten, aber wenn ihr auch sie zu hassen beginnt, wird sich nichts ändern, nicht einmal in euch. Diejenigen zu lieben, die uns lieben, verschafft uns keine Art von Stolz oder Ehre.** - Jesus sprach am Fuße des Berges Meron, den Berg im Rücken und die Ebene vor sich, zu einer Menge von über dreitausend Menschen,

die uns aus Kapernaum gefolgt waren.
- **Wie kann das sein? Wen muss ich lieben, um geehrt zu werden?** - fragte Peter.
- **Denen, die euch Schaden zufügen, denn Hass, der mit Hass vergolten wird, bringt den Tod, aber Liebe hebt jedes Gefühl des Hasses auf. Ihr seid weder verflucht noch Sünder, sondern gesegnet. Ihr seid gläubiger als alle anderen in Israel, denn ihr ertragt nicht nur eure eigenen Schmerzen, sondern auch alle Verleumdungen und Verleumdungen, Diskriminierungen und Verleumdungen, ohne euch jemals entmutigen zu lassen. Und ihr solltet stolz sein, denn ihr seid das Salz und das Licht dieser Welt, für das mich unser Vater im Himmel in Erfüllung der Heiligen Schrift gesandt hat, denn wegen euch kann Israel heute den Stolz sehen, der ein ganzes Volk in Schande versinken lässt, der sich in Hass und Ungerechtigkeit manifestiert, aber ich versichere euch, dass Vergebung das größte Opfer ist.** - Jesus erklärte.
- **Sollten wir ihnen alles verzeihen, was sie uns antun?** - rief Simon aus der Menge.
- **Was bedeuten die Opfergaben, die wir im Tempel hinterlassen, wenn nicht eine Bitte um Vergebung? Aber wenn wir schon ein Tier opfern oder unsere Ernte spenden müssen, um göttliche Vergebung zu erlangen, wie viel größer ist dann nicht die Opferung unserer Rachegelüste, um denen zu vergeben, die uns schlecht behandeln? Die Sünden, die wir begehen, richten sich immer gegen unsere Nächsten, denn wir können Gott nicht mit dem beleidigen, was wir sind. Hat nicht schon der Prophet Samuel gesagt, dass Gehorchen besser ist als Opfern? Und wie beginnen unsere Gebote? Indem er uns darauf ausrichtet, in erster Linie Gott und folglich unseren Nächsten zu lieben, so dass wir, wenn wir fähig sind zu lieben, nicht in der Lage sind, die nachfolgenden Sünden zu begehen, die im Gesetz aufgeführt sind, da die Sünde die Frucht eines Mangels an Liebe ist.** - Jesus erklärte.
- **Was sollen wir also tun? Almosen geben und fasten wie**

die Schriftgelehrten? - fragte Andrew.

- **Ja, aber nicht öffentlich, nicht mit dem Interesse an Belohnungen. Das Gute muss unentgeltlich sein, so wie das Böse in dieser Welt unentgeltlich praktiziert wird. Almosen sind kein Motiv für Eitelkeit, sondern eine Verantwortung gegenüber unseren Brüdern, die im Elend leiden.** - Jesus erklärte.

- **Was ist mit Fasten?** - fragte John.

- **Fasten ist eine unterschätzte Praxis, die nicht in Form eines Leidens dargestellt werden sollte, denn Fasten bedeutet, die Ausübung einer alltäglichen Tätigkeit zu unterlassen, um im Gebet mit unserem Herrn und Vater zu verweilen, es ist kein Hungerleiden, sondern eine Freude an der geistlichen Gemeinschaft, die uns kein anderes Bedürfnis verspüren lässt, als das der Stärkung der Intimität mit Gott.** - Jesus erklärte.

- **Und auf welche Weise können wir beten, um unsere Gemeinschaft mit Gott zu stärken?** - fragte Bartholomäus.

- **Das Gebet ist kein sich wiederholender Monolog, der sich auf diesen oder jenen Propheten stützt, denn so viele haben nicht in Gottes Namen geweissagt, so dass ihre Prophezeiungen bis heute nicht schlüssig und vergessen sind. Viel weniger ist das Gebet ein Streben nach persönlichen Bedürfnissen, denn der wahre Schatz ist dort, wo das Herz ist, und nicht dort, wo die Welt ihn zu finden vorgibt. Das Gebet ist keine verwünschende und rachsüchtige Haltung, sondern ein Ausdruck der Liebe und der Vergebung, denn wenn ihr glaubt, dass Gott ein rachsüchtiges Gebet erhört, müsst ihr euch in Acht nehmen, denn er wird sicherlich auch die verwünschenden Gebete erhören, die ihr gegen ihn richtet. Das Gebet ist ein Dialog, der nicht immer sofort beantwortet wird, der aber Freude am Warten weckt und den Glauben und das Vertrauen nährt, dass er uns erhört hat.** - Jesus erklärte.

- **Wie sollten wir also beten? Bringen Sie es uns bei, bitte.** - beharrte Bartholomäus, der sichtlich gebrochen war.

- **Wenn ihr betet, müsst ihr euch offen äußern und euch
  nicht schämen, was ihr sagt oder wer ihr seid, denn
  Gott sieht und kennt euch. Seien Sie aufrichtig,
  überwinden Sie die Barriere der Angst und der
  Distanz, denn Gott ist nichts anderes als ein
  liebender Vater. Und überlegen Sie, was Sie Ihrem
  Vater sagen würden, wenn er nicht mehr da wäre und
  Sie das dringende Bedürfnis hätten, ihm ein paar
  letzte Worte zu sagen, etwa so Vater, du, der du dort
  bist, wo ich dich nicht mehr sehen kann, und mir
  nichts anderes übrig bleibt, als diese Entfernung
  zwischen uns und deinen Willen, der mich so sehr
  schmerzt, mit Respekt zu akzeptieren, möchte ich dir
  für all die Zeiten danken, in denen wir das Brot
  geteilt haben, denn du hast es mir nie fehlen lassen,
  und jedes Mal, wenn wir es geteilt haben, gab es
  zwischen uns ein Zeichen der gegenseitigen
  Vergebung, so wie es auch bei dir der Fall war, Indem
  du es mir nicht fehlen lässt, gibt es auch heute noch
  die Manifestation deiner providentiellen Liebe, der
  Vergebung und der Liebe, die wir verewigen müssen,
  indem wir sie an unsere Mitmenschen weitergeben,
  indem wir dich ständig anflehen, uns die Kraft zu
  geben, keine Gewalt gegen unseren Nächsten zu
  verüben, indem wir in die Ähnlichkeit derer fallen, die
  uns heute hassen, wir bitten dich, befreie uns von
  solchem Bösen, amen.** - sagte Jesus, ohne seine Tränen
  zurückzuhalten, und bezog sich dabei eindeutig auf
  Joseph, seinen Vater.

  Die schweigende Menge war von den Worten
Jesu sichtlich ergriffen, und ihre Zahl wuchs weiter an, so
dass sie, als sie in Bethsaida ankamen, mehr als
fünftausend Menschen zählte, die Jesus bereits zwei Tage
lang gefolgt waren und Hunger hatten.
- **Jesus, wohin sollen wir jetzt gehen?** - fragte Peter.
- **Nach Judäa.** - Jesus antwortete.
- **Dann sollten Sie diese Leute entlassen, denn sie haben
  seit zwei Tagen nichts mehr gegessen und es werden**

immer mehr. - sagte Peter.

- **Warum gibst du ihnen nicht etwas zu essen?** - Jesus
  antwortete.
- **Wie? Wir haben nur ein wenig Brot und Fisch.** - Philip
  antwortete.
- **Welches Zeugnis geben wir diesem Volk, wenn wir es
  hungrig nach Hause schicken, wie es die Priester tun?**
  - Jesus sagte.
- **Und was sollen wir tun?** - fragte Peter.
- **Nimm das Boot und geh mit Philippus und Andreas
  noch mehr Fische fangen, während der Rest von euch
  geht und alles Brot einsammelt, das diese Leute
  haben.** - Jesus sagte.
- **Für uns ist es unmöglich, für all diese Leute Fische zu
  fangen, wir haben gestern schon Fische gefangen und
  die Fischer sind heute früh wieder losgefahren, wir
  werden sicher keine Fische finden.** - sagte Pedro.
- **Da du aber keinen Glauben hast, komme ich mit dir.** -
  Jesus sagte.
- **Ich komme auch mit.** - Ich habe es ihnen gesagt.

Wir stiegen also in das Boot und fuhren in den
See von Tiberias. Als wir die Netze auswarfen, fanden wir
keine Fische, und nachdem wir sie ein paar Mal
ausgeworfen hatten, wurde Peter wütend.

- **Ich sagte, wir würden keinen Fisch finden. Jetzt haben
  wir nicht einmal mehr Essen für uns selbst.** - sagte
  Peter wütend.
- **Du bist immer nervös, Peter.** - sagte Jesus und lächelte,
  denn er konnte nicht zornig werden, und immer wenn er
  die Nervosität des Petrus sah, begann er zu lächeln.
- **Du lachst, weil du nicht derjenige bist, der Hunger hat,
  und du musst trotzdem für all die Leute fischen, die
  uns bewundernd zusehen. Ich möchte dich lachen
  sehen, wenn wir ohne Fisch zurückkommen, was für
  eine Erklärung du ihnen geben wirst.** - sagte Peter.
- **Du bist der Fischer, du musst erklären, wie ein Fischer
  aus einer Fischerfamilie keinen Fisch im Meer finden
  kann. -** Sagte Jesus, während er mit der Hand über das

Wasser auf der linken Seite des Bootes fuhr, was Petrus noch mehr irritierte.

- **Ach, tatsächlich?** - rief Pedro.
- **Ich glaube, die Fische entkommen wegen deines Gebrülls, Peter. Haben Sie schon einmal versucht, Ihre Netze von dieser Seite des Bootes aus auszuwerfen?** - fragte Jesus und bezog sich dabei auf die linke Seite.
- **Diese Seite ist dem Ufer des Meeres zugewandt, d.h. weniger tief, wie kann es auf dieser Seite Fische geben? Sie haben keine Ahnung vom Angeln.** - rief Peter.
- **Was kann es schaden, diese Seite auszuprobieren?** - fragte Jesus.
- **Na gut, versuchen wir es auf Ihre Art.** - Antwortete Pedro.

Petrus warf dann mit Andreas die Netze aus, und als er versuchte, sie zum Boot zurückzuziehen, brauchte er unsere ganze Hilfe, weil er so viele Fische gefangen hatte.

- **Aber es ist ein Wunder!** - rief Petrus aus und nahm Jesus in die Arme.
- **Peter, wie meine Eltern zu sagen pflegten: Ein Wunder ist etwas ganz Persönliches, das nur derjenige kennt, der es erlebt.** - Jesus antwortete.

Als wir an den Strand zurückkehrten, hatten die anderen genug Brot für alle gesammelt, und die Fische, die wir gefangen hatten, dienten dazu, diese Menge zu ernähren, und waren noch für den nächsten Tag übrig, als noch etwa zweitausend Menschen bei uns waren, die immer noch das Brot und den Fisch in unserer Gesellschaft aßen. Das war ein außergewöhnliches Wunder, und zwei Tage lang schienen sich das Brot und die Fische, die wir gefangen hatten, in den Körben zu vermehren.

Auf dem Weg nach Bethanien verstand Petrus

die von Jesus erläuterte Offenbarung der Vergebung nicht
richtig, denn er hatte noch vieles von dem im Kopf, was die
Eiferer lehrten, und ging zu Jesus, um sich mit ihm zu
beraten.

- **Jesus, ich wollte dich etwas über Vergebung fragen.
Wie ist das möglich? Muss ich jemanden lieben, um
ihm so sehr zu vergeben, wie Lamech den Mord an
Kain bereute?** - Peter fuhr fort.
- **Petrus, wenn wir jemanden wirklich lieben, lieben wir
ihn noch mehr, wenn er in Schwierigkeiten ist, wir
rechnen nicht einmal damit, wie viel wir ihm
vergeben haben. Die Liebe urteilt nicht, sie nimmt an.
Lieben braucht Zeit, und deshalb müssen wir lernen,
zu vergeben, denn durch Vergebung lernen wir zu
lieben. Wenn wir vergeben, lernen wir, den anderen zu
verstehen, ihn so zu akzeptieren, wie er ist, und ihn
zu lieben, auch wenn er noch so oft einen Fehler
macht.** - Jesus erklärte.
- **Das ist unmöglich!** - erwiderte Peter.
- **Nein. Es ist schwierig, aber nicht unmöglich, aber ich
habe nie gesagt, dass es leicht sein würde.** - Jesus
antwortete.
- **Jesus, dieser Mann kam zu uns und bat uns, seinem
Sohn zu helfen, der von einem unreinen Geist
besessen ist und versteckt in dieser Gegend, in der
Nähe von Gadara, lebt. - Er** sagte es James.
- **Dann lass uns zu ihm gehen. Wissen Sie, wo er zuletzt
gesehen wurde?** - Jesus sagte.
- **Ja, ich kann Sie zu ihm bringen.** - antwortete der Vater
des besessenen Mannes.

In der Nähe von Gadara, am Fuße der Hügel, die
diese Region umgeben, trafen wir auf den Besessenen, der
unter den Tieren, in der Nähe der Friedhöfe lebte und der
den Praktizierenden der Geisterbeschwörung ähnelte. Als
er uns von weitem sah, stürmte er voller Hass und mit
einer beängstigenden Wildheit in unsere Richtung.

- **Sohn, ich bin's, dein Vater, hör auf.** - Der Vater des
besessenen Mannes trat vor und nahm unseren Platz ein.

- **Ich befehle Ihnen, sich zu setzen. -** sagte Jesus, hob seine rechte Hand, nahm den Platz des alten Mannes ein und brachte den Dämonischen sofort zu Fall.
- **Was habe ich bei Ihnen? Ich weiß, wer du bist, Sohn von Joseph. -** sagte der Besessene mit heiserer Stimme in einem sarkastischen Ton.
- **Ich weiß, wer ich bin, aber die Frage ist, wer Sie glauben, dass Sie sind.** - Jesus antwortete.
- **Wir sind schon viele, und wir nennen uns Legion, weil wir mehrere Persönlichkeiten haben.** - antwortete der besessene Mann.
- **Und ich befehle jetzt, dass alle Verwirrung aus deinem Geist entfernt wird und du nur der Sohn deines Vaters bist. -** sagte Jesus mit erhobener rechter Hand, und sofort kam der junge Mann zur Besinnung und rief nach seinem Vater.

Diejenigen, die eine solche Manifestation von Autorität sahen, waren beeindruckt, während wir, seine Jünger, erstaunt blieben und uns auf einen solchen Dienst nicht vorbereitet fühlten.

- **Isa, aber was ist jetzt passiert? War er von Dämonen besessen, oder war er es nicht? -** fragte ich, immer noch erstaunt.
- **Natürlich war er besessen!** - erwiderte Nathanael.
- **Aber was willst du damit sagen, Matthew? Besessen? Er war einfach beunruhigt.** - sagte Thomas.
- **Die einen sagen, es sei eine Besessenheit gewesen, die anderen, er sei nur gestört gewesen, so wie sie sagen, ich sei ein falscher Prophet und ein Verführer, und andere nennen mich schon Christus, und ich frage euch: Was ist wichtiger, was diesen jungen Mann geplagt hat oder die Tatsache, dass er jetzt geheilt oder befreit ist?** - sagte Jesus und brachte sie alle zum Schweigen.
- **Mein geliebter Jesus, mein Bruder ist sehr schwach.** - Unterbricht Maria in Bezug auf Eleazar.
- **Bring mich zu ihm.** - fragte Jesus ihn mit deutlich besorgter Stimme.

Als wir uns näherten, sahen wir schon von weitem, dass Eleazar stöhnte und dass die Situation eindeutig dringend war. Jesus hatte ein gequältes, blasses Gesicht, denn die Zuneigung zu Eleasar war seit seiner Kindheit groß, seit er ihn als Besucher in Persien empfangen hatte.

- **Sein Aussatz verschlimmert sich wegen der Feuchtigkeit in Galiläa und der Hitze in der Wüste. Er muss sich drei Tage lang zu Hause ausruhen, und während dieser Zeit müssen Sie dafür sorgen, dass er diese Medizin einnimmt und die Verbände täglich wechselt.** - sagte Jesus und entließ Martha, Maria und Eleasar in Begleitung von Bartholomäus, Thomas und Philippus.
- **Aber, Jesus, wenn er nicht gesund wird, werden die Behörden ihn begraben lassen, weil sie ihn angesichts einer solchen Krankheit der Sünde bezichtigen.** - erwiderte Martha.
- **Ihr behaltet ihn zu Hause und erlaubt ihm nicht, begraben zu werden, bis ich komme.** - Jesus warnte.

Aber der Ruf Jesu verbreitete sich, und viele, die den Sabbatgottesdienst nicht besuchen konnten, weil sie von den Priestern und Schriftgelehrten diskriminiert wurden, suchten bei Jesus Linderung, Heilung oder Trost. Die Menschenmenge, die uns in Galiläa folgte, schloss sich derjenigen an, die in Ennon auf uns wartete und aus Thomas, Bartholomäus und Philippus bestand, aber Jesus war sehr besorgt um Eleasar, den er liebevoll Lazarus nannte, und er war bereits zwei Tage zu spät.

- **Meister, sie begraben Eleazaro. Er hatte hohes Fieber und reagierte auf keine Therapie mehr, er schien tot zu sein.** - warnte Bartholomäus keuchend.
- **Ich sagte, Sie sollen auf mich warten. Gehen wir dorthin, wo er begraben wurde.** - fragte Jesus ihn.

Als wir dort ankamen, trafen wir die Schwestern

Martha und Maria sowie Maria, die Mutter Jesu, die vor dem Familiengrab weinten.

- **Mein Sohn, wärst du doch nur pünktlich gekommen. -** Maria, die Mutter von Jesus, klagte.
- **Entferne diesen verfluchten Stein.** - sagte Jesus und schluchzte unter Tränen, sichtlich erschüttert.
- **Geliebte, es ist vier Tage her, dass wir ihn begraben haben, wir wussten nicht, was wir in seiner Abwesenheit tun sollten. -** Sagte Maria, die Schwester von Eleazaro.
- **Er ist nicht tot.** - Jesus antwortete.
- **Ich weiß, dass wir uns eines Tages wiedersehen werden...** - sagte Marta.
- **Du solltest mir einfach vertrauen, denn wenn ich dir gesagt habe, du sollst ihn nicht begraben und drei Tage warten, und du ihn am zweiten Tag begraben lässt, hatte die Medizin, die ich dir gegeben habe, keine Zeit, richtig zu wirken. Sie haben sich geirrt, er ist nicht tot. Entfernen Sie den Stein, bitte.** - Jesus antwortet und unterbricht Martha.

Als wir den Stein entfernten, ging Jesus weinend von einer Seite zur anderen.

- **Lazarus, mein Freund und Bruder, komm heraus, ich weiß, du kannst meine Stimme noch hören.** - sagte Jesus mit lauter Stimme.

Zum Erstaunen aller kam Eleazaro sofort gesund und munter aus der Gruft heraus. Wir brachten ihn sofort in sein Haus und fütterten ihn, und es war, als wäre nichts geschehen, als wäre er nie krank gewesen. Wir blieben dort, in Bethanien, um die Auswirkungen dieses Wunders zu feiern, das bereits die Priester in Jerusalem verärgert hatte. Das Laubhüttenfest hatte gerade begonnen, und nach dem Wunder des Eleasar konnte Jesus seinen Dienst nicht länger fern von Jerusalem verrichten und beschloss, in die heilige Stadt hinaufzugehen und dort anwesend zu sein und viele

Wunder zu tun.
- **Deine Sünden sind vergeben, fürchte dich nicht, Heilung wird in dein Leben kommen.** - Jesus verkündete dies den Kranken, die sich vor den Toren Jerusalems drängten.
- **Wer sind Sie, um Sünden zu vergeben?** - fragte ein Pharisäer namens Raban.
- **Warum? Ist es einfacher, Krankheiten zu heilen? Sie tun weder das eine noch das andere. Im Gegenteil, ihr benutzt die Worte Salomos in Prediger und Weisheit, um das Leiden anderer zu rechtfertigen, indem ihr sie der Sünde bezichtigt, und so geht ihr nicht auf sie zu, um sie zu heilen oder ihre Seelen von der Last zu befreien, die sie tragen. Heuchler. Füchse.** - Jesus schrie sie an.
- **Meister, ich möchte nur sehen.** - Er ging auf Jesus zu, einen Mann, der von Geburt an als blind galt und von seinen Eltern verlassen worden war, als er noch sehr klein war.

Nachdem er ihm in die Augen geschaut hatte, nahm Jesus einige Kräuter aus seiner Tasche, spuckte darauf, bis sie nach jüdischer Tradition mit dem Ton eine Art Paste bildeten, und trug diese Paste auf die Augen des Blinden auf.
- **Nun geh und wasche dich im Brunnen des Gesandten.** - Jesus sagte zu ihm.

Nachdem er seine Augen gewaschen hatte, kehrte der Mann von seiner Blindheit geheilt zurück.
- **Ich kann sehen, ich kann sehen!** - sagte der Mann überrascht und so, als hätte er sie noch nie in seinem Leben gesehen.
- **Und jetzt, Cousin? Wer hat nach unserer Tradition gesündigt?** - fragte Matthew ihn.
- **Aber er tut diese Dinge mit seinen medizinischen Zaubersprüchen, besessen von Satan.** - Nikodemus antwortete.
- **Sie benutzen weiterhin die Worte Salomos, um das**

Leiden zu rechtfertigen, und die Figur des Bösen, um zu erklären, was Sie nicht verstehen. Kann das Böse Gutes tun? Nun, ein böser Baum wird immer schlechte Früchte tragen, und ein guter Baum wird immer gute Früchte tragen, denn es kann nicht anders sein. Das Böse, das nur ein notwendiges Mittel für die Manifestation des Guten in dieser Welt ist, bleibt als Vorwurf auf ihren Lippen. Was ist hier grundlegend: dass die Blinden sehen können oder dass meine Methoden für sie rein sind? Es ist wahr, dass die Wiederherstellung des Augenlichts dieses Mannes wichtiger ist, aber Ihre Beschwerde bezieht sich nicht auf diese Heilung, denn Sie sind nur um sich selbst besorgt, ohne Mitgefühl für die Menschen, die leiden. Es geht darum, dass Sie das Gesetz nicht mehr so verstehen können, wie Sie es vorurteilsbeladen auslegen, denn die benachteiligten Sünder sind jetzt geheilt, was zeigt, dass ihre Gebrechen nicht die Frucht ihrer Sünden oder der Sünden ihrer Väter sind. Sie sind nur Krankheiten. Heuchler! - Jesus sagte.

- **Was muss ich also tun, um so erleuchtet zu sein wie Sie?** - fragte Nikodemus in einem sarkastischen Tonfall.
- **In seinem Fall nur, indem er wiedergeboren wird. Er reinigt sich in den Wassern des Johannes und durchläuft einen Prozess der Metanoia.** - sagte Jesus zu ihm, indem er auf die Taufe hinwies und ihn in der Menge verschwinden ließ.

Die Wunder und der Inhalt der Botschaften Jesu fingen an, die Priester und Gesetzeslehrer zu verärgern, die jeden Tag anlässlich des Festes in den Tempel kamen und Zeugen der Menschenmengen wurden, die in Jesus die Erleichterung suchten, die diese geistigen Führer ihnen verweigerten.

Das Zeugnis derer, die von Jesus Linderung ihrer Schmerzen erfahren hatten und von ihm als dem Messias, dem Verheißenen Israels, zu sprechen begannen, veranlasste die Behörden, Jesus öffentlich zur Rede zu stellen.

- **Wir wissen sehr gut, wer du bist, Sohn von Joseph. Dein Vater starb bei dem Versuch, deinen verdrehten Geist daran zu hindern, deine Gotteslästerungen in Israel zu predigen. Ja, Joseph war ein großer Jude. -** Sagte Raban und griff Jesus an.

- **Jüdisch? Was bedeutet dieses Wort anderes als den Anspruch eines Volkes, sich für besser zu halten als der Rest der Welt? Aber sind nicht auch die anderen Männer und Frauen das Werk unseres Gottes? Gehören die Menschen, die Sie diskriminieren, nicht zufällig der gleichen Rasse an wie Noah? Sind sie nicht alle Nachkommen der Diluvianer? Die wir seit der Zeit Josuas versucht haben, aus dieser Welt auszurotten, nur um ein Stück Land zu bekommen? Heuchler. Diese Völker, die ihr diskriminiert, sind eure Cousins und Cousinen, und im Namen Gottes führen wir seit mehr als viertausend Jahren eine Familienfehde, indem wir Gott für die Tragödien und das Unglück verantwortlich machen, das wir selbst gesucht haben. Die Wahrheit ist, dass wir im Streben nach einer falschen Spiritualität unsere Menschlichkeit opfern, indem wir die Empathie für andere und das Mitgefühl für die Bedürftigen verlieren, und es ist sicherlich ein Verhalten, das kein Zeichen von Verständnis für das Gesetz zeigt, denn war Jona nicht ein Prophet in Israel? Doch zu wem wurde er gesandt, um den göttlichen Willen zu verkünden? An die Niniviten, die assyrischen Feinde unserer Väter und Vorväter. Tut Buße! Deinetwegen leidet Israel bis zum heutigen Tag; du erreichst weder das ewige Heil noch lässt du zu, dass diejenigen, die es ehrlich suchen, es erlangen. -** Jesus rief ihnen vom offenen Himmel vor den Toren Jerusalems zu, und das ganze Volk war über diese Worte erstaunt.

- **Wer sind Sie, dass Sie uns vorschreiben, wie wir das Gesetz auszulegen haben? -** fragte Kajaphas.

- **Ich bin der Sohn eines bescheidenen Mannes, der, so reich er auch war, nie sein Leben änderte, nie seine Stimme erhob, nie murrte, murrte oder fluchte. Und**

98

Sie? Wann haben Sie das letzte Mal die Stimme Gottes gehört? Ihr klammert euch an das Gesetz, weil unser Gott seit mehr als vierhundert Jahren in diesem durch eure Ausschweifungen verseuchten Land schweigt. Johannes der Täufer, den Sie heute als Propheten verehren, wurde zuerst ein Dämon genannt, weil er in der Wüste lebte. Ich lebe unter den Menschen, und so habt ihr einen anderen gefunden, den ihr der Besessenheit beschuldigen könnt, während ihr euch nicht einmal selbst befreien könnt und alle Sklaven der Gier und des Geldes seid. Eine Schlangenhöhle, und ich warne euch, dass ihr nicht zwei Herren dienen könnt. - Jesus wies sie zurecht.

- **Es ist unsere Tradition, dass diese Menschen, für die Sie Mitleid haben, besessen sind.** - sagte Gamaliel, der alles mit Unvoreingenommenheit verfolgte.

- **Sie sind krank. Was man nicht erklären kann, ist nicht unbedingt ein geistiger Fluch, sondern nur Unwissenheit. Nun, dieselbe Tradition, die lehrt, dass diese Menschen verflucht oder besessen sind, lehrt uns, die Menschen nicht zu respektieren, wohltätig zu sein, den Mittellosen und sogar den Ausländern zu helfen, oder ist es nicht Hesekiel, der uns sagt, den zu retten, der verloren ist, und uns für sein Blut verantwortlich macht? Der Glaube ist nicht die Manifestation des Übernatürlichen, sondern eine unerwartete Geste der Stärke, wenn wir den Mut haben, unseren religiösen Eifer anzustecken, um uns unserer Brüder und Schwestern zu erbarmen, die Schmerz und Elend leiden. Glaube ist die Entscheidung, weiterzumachen, auch wenn das Herz aufgeben möchte. Es geht um einen Vater, der seinen Sohn verliert und, da er nicht mit seiner Rückkehr rechnet, den Mut findet, mit seiner Abwesenheit zu leben. Der Glaube ist der Mut zur Liebe, vor allem zur Liebe zu denen, die uns Unrecht getan haben, die uns nicht zu lieben wussten, die uns im Stich gelassen haben, denn es braucht viel mehr Willenskraft, zu vergeben, als sich zu rächen. Das bedeutet, Glauben**

zu haben und darauf zu vertrauen, dass die Prüfung
nur ein Mittel zur Erbauung ist. - Jesus antwortete,
brachte alle zum Schweigen und ließ jeden seinen
eigenen Weg gehen.

- **Aber das hat nichts Übernatürliches an sich.** - erwiderte
Gamaliel.
- **Ein Wunder geht über ein außergewöhnliches
Phänomen hinaus, denn ein Wunder ist einfach etwas,
das wir noch nicht erklären können.** - Jesus lehrte.
- **Wie ist das möglich?** - fragte Thomas.
- **Wir suchen immer nach einem Wunder außerhalb des
Menschen, denn in Wahrheit ist das, was wir uns
wünschen, nur ein Zeichen für die Existenz Gottes.
Die größten Wunder finden jedoch im Inneren des
Menschen statt und sind für das Auge noch
unsichtbar, für das Herz aber spürbar.** - Jesus erklärte.
- **Wie meinen Sie das?** - fragte Peter.
- **Wenn einer von uns eine Entscheidung trifft, die im
Gegensatz zu den rachsüchtigen Prinzipien steht, an
die wir gewöhnt sind, ist das ein wahres Wunder.
Wenn wir vergeben, anstatt anzugreifen, wenn wir uns
versöhnen, anstatt zu intrigieren, kurz gesagt, diese
Gesten widersprechen der menschlichen Natur selbst
und können nur Wunder sein, göttliche
Interventionen, die nicht außerhalb des Menschen,
sondern in seinem eigenen Herzen geschehen. Wenn
dies geschieht, spüren wir eine Vibration, die sich in
der Luft ausbreitet, eine Welle der Sensibilität, die
das destruktive Muster durchbricht, an das wir
gewöhnt sind. Eine Bitte um Vergebung zerbricht
jedes Schwert. Eine Umarmung beseitigt jedes
Trauma.** - Jesus sagte.

Die Reden Jesu waren berührend, als ob er die
Sprache ihrer Herzen sprach, ihre Nöte verstand und
immer bereit war, ihnen umfassend zu helfen. Von den
Spenden blieb nichts übrig, und wir alle lebten in Demut,
gemäß dem Rat Jesu, keine Reichtümer anzuhäufen. Ich,
der für die Finanzen verantwortlich war, hatte genug

gespart, um ein Stück Land zu kaufen, und anstatt das Geld zu behalten, investierte ich heimlich dreißig Silberstücke in das Grundstück eines Ehepaars, das uns gefolgt war, Ananias und Sapphira, in der Hoffnung, dass wir, falls der Dienst über unsere Möglichkeiten hinauswachsen würde, in Zukunft einen Ort hätten, an dem wir uns treffen könnten, um den Bedürftigen zu helfen. Die Auseinandersetzungen Jesu mit den Weisen und Religiösen wurden jedoch immer häufiger und bedrohten die friedliche Freiheit, mit der Jesus zu lehren begonnen hatte.

- **Sie haben kein Recht, das Gesetz und die Art und Weise, wie unsere Eltern uns gelehrt haben, es zu leben, neu zu interpretieren.** - rief Boncortassitis.

- **Das Gesetz gehört ihnen nicht, denn es ist die göttliche Offenbarung an die Menschen, und deshalb kann es von jedem, der Gott kennenlernen will, gelesen, nachgelesen, ausgelegt und umgedeutet werden, denn es ist ein Gut, das uns gegeben wurde, um es zu teilen.** - Jesus erklärte.

- **Das Gesetz wurde Mose gegeben und von ihm an das Volk Israel. Warum sollten wir sie mit anderen Menschen teilen? Es ist unsere Offenbarung.** - Kajaphas sagte.

- **Aber was sind Sie? Blinde Kinder? Kann ein blinder Mann einen anderen führen? Haben Sie keine Angst vor Gott? Ihr benutzt das Gesetz und alte Auslegungen, um die mörderischen Absichten in euren Herzen zu rechtfertigen. Heuchler. Ihr verwendet die alten Auslegungen nicht, weil ihr an sie glaubt, sondern weil sie euch nützlich sind, um den Unglauben und die Rebellion in euren Herzen zu verbergen. Schauen Sie sich den Eingang zum Tempel Gottes an, das Haus, in dem wir ihm im Gebet begegnen sollen. Was ist da? Ein großartiger Marktplatz für diejenigen, die sich nicht die Zeit nehmen, das Beste von dem, was sie für Gott tun, zu trennen und auszuwählen, damit sie in letzter Minute kaufen können. Heuchler, Söldner. Verflucht. Wenn**

Sie nicht an diese Dinge glauben, warum suchen Sie sich dann nicht eine andere Tätigkeit? Warum arbeiten Sie nicht in anderen Berufen? Ich werde Ihnen sagen, warum: Weil es für Sie bequem ist, in den Tempel zu gehen und zu sagen, dass Sie gerettet sind, weil Sie von Abraham abstammen, obwohl Sie innerlich verdorben sind. Heuchler. Das Gesetz ist nicht ein Mechanismus für ihre eigene Rettung, sondern um denen, die das Gesetz nicht kennen, die Rettung zu verkünden. Schlangen.** - rief Jesus, extrem nervös.

- **Das Gesetz ist für den Einzelnen nützlich, nicht für die Allgemeinheit. -** Gamaliel versuchte zu erklären.
- **Das Gesetz ist ein Lehrprinzip, damit die Menschen im Licht wandeln können. Mose zum Beispiel saß von morgens bis abends, um das Volk den Inhalt dieses Gesetzes zu lehren. Wenn ihr, die ihr jetzt den Platz von Mose einnehmt, nicht in der Lage seid, einen verlorenen Menschen auf den rechten Weg zu führen, was ist dann dieses Gesetz, das ihr lehrt, von welcher Gerechtigkeit ist dann die Rede? Keine. Es kann nicht sein, dass Sie sich auf das Gesetz berufen, um einer kranken Person am Sabbat nicht zu helfen, aber nicht dieselbe Pseudo-Moral anwenden, wenn eines Ihrer Schafe am Sabbat verloren geht oder angegriffen wird. Ein Mensch kann nicht weniger wichtig sein als ein Schaf. Und wenn du die Nächstenliebe vermeidest und diese Gleichgültigkeit damit rechtfertigst, dass immer mehr Menschen zu dir kommen werden, dann ist die Nächstenliebe, die du tust, keine Nächstenliebe, sondern Eitelkeit. Ihr helft den Bedürftigen durch eine maskierte Falschheit, obwohl ihr in Wahrheit kein Interesse daran hattet, irgendjemandem zu helfen, weil ihr die Gunst Gottes nur für euch selbst wollt, während der Segen, den Gott unserem Vater Abraham gegeben hat, in ihm begann, die ganze Welt, alle Völker zu erreichen. -** Er hat Jesus angegriffen.

In Kaiphas' Herz wuchs der Hass, weil er in der

Öffentlichkeit beschämt wurde, und die Stimmen, dass sie
Jesus töten wollten, machten sich breit.

Die Führer des Sanhedrins suchten nach einem
Grund, Jesus zu verhaften und zu verurteilen, und sie
fanden einen Weg in der Person, die er am meisten liebte.
Am nächsten bei Jesus war Maria, die Schwester von
Eleasar und Martha, die ihn mit Salbe gewaschen hatte.
Sie wurde gemeinhin als Sünderin bezeichnet, weil sie eine
enge Beziehung zu Jesus hatte und weil sie aus einer nicht
vollzogenen Ehe stammte, aus der sie das Vermögen des
verheißenen Bräutigams geerbt hatte, eines sehr eifrigen
reichen jungen Mannes, der aus unbekannter Ursache
gestorben war und aus Tarichea stammte, was auf
Aramäisch Magdala bedeutet. Aus diesem Grund wurde
Maria im Volksmund auch Magdalena oder Magdalene
genannt.
- **Herr, sie sprechen bereits über Ihre Beziehung zu der
  Witwe. -** Bartholomäus warnte.
- **Wir müssen die Hochzeitszeremonie organisieren. -**
  Jesus sagte.

In den folgenden Tagen organisierten wir die
Hochzeit, und das Fest begann, als es noch Tabernakel
war. Als die Vertreter des Sanhedrins hörten, dass wir alle
im Obergemach waren und feierten, kamen sie Jesus
wütend entgegen.
- **Jesus, eine Menschenmenge nähert sich, bereit, dich
  mit der Magdalena zu steinigen. -** Sagte Simon, der
  Bruder von Jesus.
- **Lassen Sie sie eintreten. -** Jesus antwortete ihm.

Als die Menge eintrat und sich wütend auf
Magdalena zubewegte, ließ sich Jesus langsam auf den
Sand nieder und schrieb.
- **Da, sie sind da drüben. -** rief jemand aus der gleichen
  Menge, die Tage zuvor von dem Brot und dem Fisch
  gegessen hatte, die wir verteilt hatten.

- **Sie werden der Prostitution beschuldigt, und die Strafe ist nach dem Gesetz des Mose die Steinigung.** - rief Mordogin.
- **Für welchen Verstoß gegen das Gesetz?** - fragte Jesus, immer noch über den Sand gebeugt.
- **Maria von Bethanien war der Ehe versprochen, Levitikus 20:10, Deuteronomium 22:23, suchen Sie es sich aus.** - Mordogin fuhr fort.
- **Und ihr Verlobter starb, bevor die Ehe vollzogen werden konnte. Stirbt nun der Ehemann, ist die Frau frei.** - Jesus antwortete.
- **Diese sollte nach der Tradition dem Bruder ihres verstorbenen Mannes gegeben werden, denn obwohl die Ehe nicht vollzogen wurde, erhielt sie das Erbe, mit dem sie ihren Dienst unterstützt.** - Kajaphas, der nach vorne gekommen war, um das Problem zu beobachten, erwiderte.
- **Traditionen zwischen Familien finden sich nicht im Gesetz des Mose, sondern sind nur eine Frage von Familienvereinbarungen. Es wurde also kein Gesetz verletzt. Der Besitz, den diese Frau geerbt hat, wurde ihr von ihrer Familie als Teil der Heiratsvereinbarung freiwillig überlassen, und es war nicht ihre Schuld, wenn der Bräutigam verstorben ist.** - sagte Jesus, während er in den Sand schrieb.
- **Aber eure Freundschaft ist sehr eng.** - Kajaphas spottete.
- **Ihr Vater ist der Cousin meiner Mutter, wir sind lebenslang befreundet, und was können Sie dagegen sagen? Zwischen uns besteht immer noch eine Blutsbande.** - antwortete Jesus.
- **Aber was schreibt er? Warum spricht er nicht durch seine Augen zu uns?** - fragte Kaiphas, der nicht wusste, was er Jesus antworten sollte, während die Menge sich langsam entfernte.
- **Weil Sie meine Ehe unter falschem Vorwand stören.** - sagte Jesus, stand auf und gab allen die Möglichkeit, auf dem Sand die Worte "Was Gott zusammengefügt hat, soll der Mensch nicht trennen" zu sehen, die mit den Scherben der Becher geschrieben waren.

Von diesem Tag an hörten sie auf, Jesus zu belästigen, denn sie hatten nichts, was sie ihm vorwerfen konnten. Nach dem Fest kehrten wir nach Bethanien zurück, und während ich in der Küche des Hauses von Magdalena war, beobachtete mich einer der Diener meines Vaters in der Dunkelheit der Wüste, versteckt hinter einer Palme. Als ich ihm entgegenging, war ich nicht erschrocken, als ich meinen eigenen Vater auf mich warten sah. Ich wusste, dass unser Wiedersehen unvermeidlich war.

- **Judas, mein Sohn, wie geht es dir?** - sagte mein Vater.
- **Ja",** antwortete ich trocken.
- **Ich bin gekommen, weil es an der Zeit ist, eine Initiative in dieser Hinsicht zu ergreifen, das Werk Jesu ist sehr groß und es gibt keinen günstigeren Zeitpunkt. Jesus muss sterben.** - sagte Gaspar zu mir.
- **Was meinen Sie damit? Soll ich ihn jetzt töten? Du hast mir gesagt, dass ich sein älterer Bruder sein sollte, und jetzt soll ich für sein Blut verantwortlich sein? Für das Blut meines eigenen Bruders?** - fragte ich entrüstet.
- **Er ist nicht dein Bruder, Judas. Du bist nur für ihn verantwortlich.** - Gaspar hat es mir gesagt.
- **Und was soll ich tun? Ich bin nicht in der Lage, ihn zu töten.** - Ich habe geantwortet.
- **Ich bin seit zwei Tagen hier, nur Judas, und beobachte heimlich eure Versammlungen, und in diesen zwei Tagen habe ich erkannt, dass der Sanhedrin euch hasst, weil ihr die Lehren, die von Pharisäern, Zöllnern und Sadduzäern überliefert wurden, öffentlich beschämt, und sie können euch nicht mehr ertragen. Da Sie nicht in der Lage sind, ihn zu töten, können Sie anderen die Möglichkeit dazu geben, auch wenn sein Tod ein öffentliches Ereignis sein muss.** - erwiderte Gaspar.
- **Ich kann es immer noch nicht tun. Er hat in allem, was er sagt, Recht und besitzt ein Mitgefühl, das ich bei keinem anderen Menschen gesehen habe.** - Ich habe

geantwortet.

- **Ich weiß. Er wird jedoch niemals König sein oder vom Sanhedrin als religiöser Führer akzeptiert werden. Er wuchs inmitten des Volkes auf und nicht in der religiösen Heuchelei Israels. Wisst ihr, dass sie seit seiner Heilung des Lazarus ein Komplott geschmiedet haben, um ihn zu töten?** - fragte Gaspar.
- **Ja,** - antwortete ich.
- **Es ist also etwas, das wir nicht vermeiden können, aber wenn es auf die falsche Art und Weise oder zum falschen Zeitpunkt geschieht, wird das ganze Werk Jesu vergeblich sein.** - sagte Gaspar.
- **Ich bin immer noch nicht fähig. Tun Sie es selbst, wenn Sie wollen, dass er stirbt.** - Ich habe geantwortet.
- **Also, Judas, wenn das so ist, dann werde ich die finanzielle Unterstützung, die ich dir jeden Monat schicke, streichen.** - Gaspar griff mich kaltblütig an.
- **Aber ich wohne hier zur Miete, ich wohne in dem Dienstbotenhaus auf Anas Grundstück. Wie kann ich essen und meine Ausgaben bezahlen?** - fragte ich besorgt, zumal ich geplant hatte, das in das Grundstück investierte Geld durch die finanzielle Unterstützung meiner Eltern zu ersetzen.
- **Das ist nicht mehr mein Problem. Sie hatten einen Auftrag, den Sie jetzt aufgeben.** - erwiderte Gaspar, als er in der Dunkelheit der Wüste verschwand.

Ich kehrte blass und verloren zu Magdalenas Haus zurück und wusste nicht, wie ich meine Probleme lösen sollte. Ich wusste jedoch, dass ich nicht in der Lage war, Isa zu verraten.

Aber Jesus wusste bereits, dass die Obrigkeit ihn verfolgte, und so hielt er seine Predigten nicht mehr abseits der Menge, sondern inmitten der Menge, um sich unter das Volk zu mischen. Als wir das Gebiet von Samaria erreichten, wiederholten sich die Worte meines Vaters in meinem Kopf, und ich bemerkte bei Jesus einen misstrauischen Blick. Es war, als ob ich nicht verbergen konnte, was mein Vater mir gesagt hatte, in der Tat war fast nichts vor seinen Augen verborgen.

- **Ich bin ursprünglich aus familiären Gründen zu euch gekommen, aber ihr habt nicht mich, sondern ich habe euch als meine Schüler angenommen**. - Jesus sagte.
- **Und was wollen Sie uns damit sagen?** - fragte Peter.
- **Einer von euch wird mich verraten, so wie es geweissagt wurde, und weil es geweissagt wurde, ist alles so, wie es sein soll.** - Jesus antwortete, und diese Worte machten mich stumm, sie versteinerten und zerstörten mich.
- **Und warum? Ich hoffe, es liegt nicht an mir. Soll ich es tun? Ich meine, sollte einer von uns beschließen, derjenige zu sein, der Sie verrät, damit die Prophezeiungen erfüllt werden?** - fragte Peter.
- **Derjenige, der mich verraten wird, weiß bereits, was zu tun ist, und weiß, dass er mein Ankläger ist.** - Sagte Jesus und benutzte den Begriff Teufel für Ankläger, als er sich an Petrus wandte.
- **Peter, magst du mich?** - fragte Jesus.
- **Natürlich, deshalb sage ich dir, dass ich dich niemals aufgeben oder verraten werde.** - antwortete er.
- **Peter, fühlst du dich wie mein Bruder?** - Jesus bestand darauf.
- **Natürlich habe ich bereits mit Ja geantwortet. Und warum?** - erwiderte Peter.
- **Liebst du mich? So wie ich dich geliebt habe, bis zu dem Punkt, dass ich mich entschlossen habe, an deiner Stelle zu sterben?** - Jesus hat es definiert.
- **Jesus, du weißt, dass ich dich wie einen Bruder liebe.** - antwortete Petrus, dem die Tränen über das Gesicht liefen, während er sich auf den Boden warf und die Beine von Jesus umarmte.
- **Und deshalb sage ich euch, dass ihr mich leider in gewisser Weise verraten werdet, indem ihr den Glauben verleugnet, mit dem ich mich heute für alle aufopfere, weil ihr noch nicht bereit seid. Sie werden mich nicht an die Behörden ausliefern, ich glaube nicht, dass Sie stark genug sind, um zu verstehen, dass wir beenden müssen, was wir begonnen haben.**

Aber sicher werdet ihr eines Tages das fortsetzen, was wir als Spiel an den Ufern von Tiberias begonnen haben. - sagte Jesus zu ihm und bezog sich dabei auf den Dienst, den er begonnen hatte, als sie noch Kinder waren, während er sich bückte, um seine Tränen zu trocknen und ihn zu umarmen.

Ich jedoch verließ den Ort in dem Bewusstsein, wer ich war. Erschwerend kam hinzu, dass das Geld, das ich verwendet hatte, notwendig wurde und ich ohne die finanzielle Unterstützung meiner Eltern unsere Ausgaben nicht mehr decken konnte. Verloren und nicht wissend, wie ich Jesus bekennen sollte, was ich getan hatte, ging ich zum Tempel und bat um Hilfe.

- **Guten Tag, ich wollte wissen, ob es eine Möglichkeit gibt, von den Spenden und Steuern, die im Tempel gelassen werden, einer kranken Person zu helfen?** - fragte ich Raban.
- **Es ist besser, wenn du ein anderes Mitglied des Sanhedrins fragst.** - antwortete Abiathar.
- **Guten Tag, kann mir jemand eine Auskunft geben?** - fragte ich ein wenig schüchtern.
- **Was kann ich für Sie tun?** - erwiderte Mordogin.
- **Ich habe eine Arbeit und meine Eltern sind reich, aber ich bin nicht in der Lage, hier in Israel für mich selbst zu sorgen, und ich würde gerne wissen, ob Sie mit den Spenden, die Sie erhalten, finanzielle Hilfe leisten?** - fragte ich.
- **Gehörst du zu den Jüngern des Nazareners, des Gerechten?** - fragte Kajaphas, der sich näherte.
- **Ja,** - antwortete ich.
- **Ich dachte, die Unterstützung von Magdalena, Susana und Joana wäre ausreichend. Wie viel brauchen Sie?** - fragte Kajaphas ironisch.
- **Dreißig Silberstücke.** - Ich habe geantwortet.
- **Einen Moment.** - antwortete Kaiphas.

Alle zogen sich für einen Moment zurück und unterhielten sich im Sitzungssaal miteinander. Nach einer halben Stunde kamen sie mit einer Tasche und den Silbermünzen zurück.

- **Wir haben uns entschlossen, sie bei dieser Mission zu unterstützen, die sie entwickeln.** - sprach Mordogin, als er aus dem Sitzungssaal zurückkehrte.
- **Aber es ist ein Darlehen, das wir in Zukunft in irgendeiner Form zurückzahlen müssen.** - sagte Kajaphas.
- **Natürlich verstehe ich das, und ich danke Ihnen für die Hilfe, die Sie uns gegeben haben.** - erwiderte ich und ging.
- **Sie wissen doch, dass es besser ist, wenn einer für das Volk stirbt, als wenn das ganze Volk stirbt, oder?** - sagte Gamaliel.
- **Was ich weiß, ist, dass der eine Bruder nicht in der Lage ist, den Tod des anderen zu akzeptieren.** - Das sagte ich ihm in einem warnenden Ton und auf entschlossene Weise.

Auf dem Rückweg hatte ich das Gefühl, dass ich mich in etwas verstrickt hatte, das unmöglich zu lösen war. Die Tage vergingen schnell und das Passahfest rückte näher. Das Wirken Jesu nahm exponentiell zu, Menschenmengen folgten ihm in ganz Judäa, Samarien und Galiläa, aber es war immer noch sehr schwierig, in Jerusalem Unterstützung zu finden, weil es Stimmen gab, die ihn der falschen Prophetie und der Magie bezichtigten.

Aufgrund dieses seltsamen Gefühls hatte ich mich auf dem Rückweg entschlossen, die Silbermünzen nicht anzurühren und die wenigen mir verbliebenen Mittel einzusetzen.

- **Judas, am Anfang habe ich nach dir gesucht. Wo waren Sie?** - fragte mich Filipe.
- **Ich sortiere ein paar persönliche Dinge aus, warum? Ist etwas passiert?** - fragte ich.
- **Es ist, dass Sie den Einkauf machen sollten, uns fehlt Obst und Wein.** - Philip antwortete.
- **Gut, ich werde mich jetzt organisieren und zum Markt**

gehen. - Ich habe geantwortet.

Ich hatte nur wenig Geld, das für ein paar Tage reichte, aber ich vertraute darauf und hoffte, dass uns eine Spende oder Hilfe zuteil werden würde. Die Situation war sehr heikel und die widersprüchlichen Meinungen um Jesus hatten dazu geführt, dass er beim Palmenfest mit Ehren empfangen wurde, aber die Menge, die ihn als Messias willkommen geheißen hatte, begann, sich von den Verleumdungen der religiösen Führer beeinflussen zu lassen, was sich in den eingehenden Spenden zeigte, die erheblich zurückgingen. Ich musste die Einkäufe für das traditionelle Pessach-Mahl erledigen und hoffte, genug für alle im Zönakulum zu kaufen.

- **Magdalena, ich habe die Einkäufe mitgebracht.** - Ich sagte es ihr.
- **So wenig, Judas? Was ist passiert?** - fragte er mich.
- **Ich habe mit dem Geld, das ich hatte, gekauft, was ich konnte, und ich ziehe die hebräische Form meines Namens der griechischen vor.** - Ich habe geantwortet und bin gegangen, um weitere Diskussionen zu vermeiden.
- **Beruhige dich, Judas. Es ist nur so, dass dieses Essen für das morgige Pessach-Mahl bestimmt ist, und deshalb halte ich es für klüger, es unter uns zuzubereiten, ohne Gäste.** - Maria, die Mutter Jesu, hat es mir gesagt.
- **Mutter, ich habe gekauft, was ich konnte. Vielleicht ist es sogar klüger, damit zu beginnen, Feste unter uns zu feiern, denn die Verleumdungen der Mitglieder des Sanhedrins haben sich bereits unter dem Volk verbreitet, und wir erhalten nicht mehr die gleichen Spenden wie früher.** - Ich habe versucht, es der Mutter von Jesus zu erklären.
- **Also, Magdalena, wir werden tun, was wir können, mit dem, was wir haben.** - sagte Maria.

Am nächsten Tag, vor dem Passahmahl, sprach

Jesus draußen, am Eingang zum Abendmahlssaal, zu den Anwesenden.

- **Ihr dürft euch nicht wundern, wenn ihr meinetwegen auch verfolgt werdet. Der Hass, den ihr heute gegen mich hegt, wird sich gegen euch wenden, die ihr mir gegenüber loyal gewesen seid. Aber jeder Hass ist das Ergebnis von Angst. Deshalb sei barmherzig. -** Jesus hat es uns erklärt.
- **Wir sind bereit, mein geliebter Meister. -** antwortete sein Bruder Johannes.
- **Wahrlich, ihr seid noch nicht bereit, denn ihr habt den Tröster noch nicht empfangen. -** Jesus sagte.
- **Der Tröster? -** fragte Thomas.
- **Der Geist der Wahrheit, das ist die Botschaft, die ich verkündet habe, nämlich die Liebe zum Nächsten. Wenn eure Herzen frei von jeglichem Groll, Kummer oder Hass sind, werdet ihr euch als Brüder füreinander empfinden, und wahre Liebe opfert sich für das Wohl ihres Bruders. Dieser Geist wird euch zu einem einzigen Körper für einen einzigen Zweck machen, und wenn dies geschieht, werdet ihr standhaft sein, denn selbst wenn euch euer Leben genommen wird, wird es für ein höheres Gut genommen, aus Gründen, die über Geld, Gier und Habsucht hinausgehen. -** sagte Jesus, als wir uns aufmachten, um Ostern zu feiern.
- **Es ist das, was wir uns am meisten wünschen, aber die Menschen sind extrem schwierig und das Leiden hat sie stark verändert. -** erklärte Simon.
- **Das Leid verändert uns alle, Simon, aber es darf uns niemals als Rechtfertigung dafür dienen, unseren Mitmenschen Böses zu tun. Ihr müsst eure Herzen in Frieden halten, egal, was mit mir geschieht, und niemals Rachegelüste hegen, denn ich bereite nur den Weg und öffne die Horizonte, damit wir alle mit unserem wahren und einzigen Vater, unserem Herrn und Gott, versöhnt werden können. -** Jesus sagte.
- **Aber warum sagen Sie diese Worte? Muss das wirklich so sein? -** fragte Peter.
- **Du darfst nicht zulassen, dass der Zweifel dein Herz**

heimsucht, Petrus, denn er ist ein Werkzeug des Satans gegen den Glauben. - Jesus warnte, indem er den Ausdruck Satan verwendete, um alle und jedes Gefühl der Feindschaft oder des Widerstands gegen das uneigennützige Gute, gegen die Liebe zum Nächsten zu bezeichnen.

- **Zeige uns also diesen Weg, Jesus.** - fragte Philip.
- **Philippus, ich bin diesen Weg gegangen, diese Wahrheit, den Weg des ewigen Lebens, denn in der Liebe lösen wir alle unsere Konflikte und finden zu Gott, denn er ist wie ein Vater, der vier Kinder hat, und jedes dieser Kinder hat offensichtlich ein anderes Temperament als die anderen, aber dieser Vater liebt alle vier seiner Kinder gleichermaßen, so dass er nicht in der Lage ist, gegen eines von ihnen hart vorzugehen, sondern seine Gerechtigkeit immer aufschiebt, damit seine Kinder die Gelegenheit haben, den richtigen Weg zu finden. Wenn wir uns nun als Kinder desselben Vaters, als Brüder untereinander begreifen, ist unser Herz im Vater, und der Vater findet sich in uns, das heißt in der Art und Weise, wie wir die Liebe teilen, die wir von ihm empfangen haben. In dieser Einheit zu bleiben, stärkt das Ziel, für das wir leben, und wenn man es schafft, nur eins zu sein, wird dieses Gefühl durch ein solches Beispiel auf andere übertragen.** - Jesus sagte.
- **Wie können die Menschen unserem Beispiel folgen, wenn sie in einer Realität und einem Modell leben, das sich so sehr von dem unterscheidet, das Sie uns vorgestellt haben?** - fragte Matthew.
- **Der einzige Dualismus, den es gibt, ist der des Lichts und der Dunkelheit, des Heiligen und des Profanen, d. h. die zweideutige und komplementäre Existenz von Gut und Böse, die sich nicht in Entitäten, sondern in Verhaltensweisen und Handlungen ausdrücken, die bestimmen, welches der beiden Elemente unseren Charakter stärker beeinflusst. Die Menschen leben heute unter dem Diktat der Welt, die ihre eigene Gleichgültigkeit und das Böse unter dem Deckmantel guter Taten rechtfertigt. Wenn ihr eins seid, in dem**

Sinne, dass ihr das Ziel lebt, für das ich mich heute aufopfere, werdet ihr immer der Kontrast zur Präsenz des Bösen in dieser Welt sein, und das Licht scheint in der Dunkelheit, es ist unmöglich, sich zu verstecken. Alle werden es sehen und ihm folgen, denn das Licht leuchtet nicht nur in der Dunkelheit, es zeigt auch den Weg, dem man folgen kann, wenn alles dunkel ist. - erklärte Jesus, als er selbst unsere Füße abtrocknete und damit die Aufgabe übernahm, die wir an diesem Tag Petrus zugewiesen hatten.

- **Mein Herr, warum tust du, was ich tun sollte? -** fragt Peter.
- **Denn man kann nicht lernen zu lieben, ohne zuerst zu lernen zu dienen, Pedro. Weinen Sie nicht und machen Sie sich keine Sorgen, denken Sie nur daran, wie sehr ich Sie geliebt habe. -** Jesus sagte zu Petrus, als dieser unwillkürlich weinte.

Diese Szene und diese Worte bewegten mich, und gleichzeitig erfüllten sie mich mit Zorn über das, was ich getan hatte, über die Entscheidung, die ich noch treffen sollte, über die Worte meines Vaters, über das, was die Pharisäer mir gesagt hatten. Ich hatte das Gefühl, dass mich alle misstrauisch beäugten. Bei Tisch, während des Essens, eröffnete Magdalena wie immer die Diskussion.

- **Jesus, haben Sie bemerkt, dass die Spenden praktisch verdampfen, sie reichen nicht mehr aus wie früher? -** sagte Magdalena.
- **Es kann nicht anders sein, wenn man Salbe verschwendet, um die Füße zu waschen, das Essen spendet, das man bekommt, Steuern zahlt, kurzum, was erwartest du Magdalena? -** Ich habe mich eingemischt, um nicht für irgendetwas verantwortlich gemacht zu werden.
- **Judas, Sie sollten auf jeden Fall Bargeld vorrätig haben. Und Sie sagen, dass Sie mit dem Geld, das Sie hatten, kaum das Essen für das Ostermahl bezahlen konnten. -** erwiderte Marta.
- **Sie müssen das überprüfen, denn das ist ein Zeichen

dafür, dass uns jemand betrügt. - sagte Jesus und
unterbrach die Diskussion.

- **Was? Beschuldigen Sie uns des Verrats? Beschuldigen
  Sie mich?** - fragte Peter.
- **Pedro, du reagierst immer sehr emotional. Ich will
  damit sagen, dass uns jemand um unsere Ersparnisse
  betrügt.** - Jesus antwortete.
- **Und wer?** - fuhr Peter fort.
- **Es kann nur derjenige sein, der sein Brot mit mir in
  den Honig taucht.** - Jesus antwortete und bezog sich
  dabei auf mich, der ich im selben Moment das Brot in die
  Schale mit Honig tauchte, denn schließlich war ich für
  die Finanzen des Dienstes verantwortlich.

Tränen liefen mir über das Gesicht. Ich hatte
keine Möglichkeit, meine Sünde und meine Schuld zu
verbergen. Ich rannte weg, als Jesus mich rief, weil er mir
noch etwas sagen wollte.

- **Judas, für alles gibt es eine Lösung. Judas?** - rief Jesus.
- **Ich will nichts mehr hören, lass mich gehen.** - Ich habe
  ihn ignoriert, aus purem Stolz.

In jener schicksalhaften Nacht ging ich zum
Sanhedrin, als ob der Leichnam dorthin geführt würde. In
meinem Kopf dachte ich, es sei das Beste, in meinem
Herzen wusste ich, dass es das Schlechteste war, der
Körper wollte mir nicht gehorchen, denn selbst ich wusste
nicht genau, was ich wählen sollte. Ich war verletzt, weil
Jesus mich öffentlich bloßstellte, aber ich wusste nicht,
wie ich das umgehen sollte.

- **Judas, was machst du hier zu dieser Stunde?** - fragte
  mich Kaiphas.
- **Ich bin gekommen, um an dem Fest teilzunehmen, das
  Sie feiern.** - Ich habe geantwortet.
- **Kommen Sie herein, setzen Sie sich zu uns.** - Kajaphas
  hat zu mir gesprochen.

Ich suchte mir schnell einen Platz und setzte

mich neben Gamaliel. Die Tränen sind mir immer noch entkommen, aber ich habe sie mit einigen Gebeten überdeckt.

- **Was beunruhigt dich, Judas?** - fragte Gamaliel mich.
- **Nichts, oder zumindest können Sie nichts tun.** - Ich habe geantwortet.
- **Für jedes Problem gibt es eine Lösung.** - erwiderte Gamaliel.
- **Ich weiß nicht, wie ich das Problem des Geldes lösen soll. Den, den ich mir von dir geliehen habe, habe ich nicht benutzt, weil er uns sowieso immer fehlen wird, auch um ihn dir zurückzuzahlen.** - Ich erklärte.
- **Dafür gibt es eine Lösung, Judas.** - Kajaphas hat mich gewarnt.
- **Und was soll das sein?** - fragte ich.
- **Es genügt, dass Sie uns den Nazarener ausliefern, und wir werden Ihnen die Schuld vergeben.** - sagte Kajaphas.
- **Was ist das? Wie können Sie es wagen, eine solche Bitte an mich zu richten?** - fragte ich entrüstet.
- **Judas, ich habe dir letztes Mal gesagt, dass der Tod eines Einzelnen besser ist als der Tod aller.** - Gamaliel sagte.
- **Ist der Tod eine bessere Sache? Wo steht so etwas geschrieben? In euren verdammten Lehren? In ihren Auslegungen des mosaischen Gesetzes?** - fragte ich.
- **Judas, es ist besser, wenn ein anderer der Teufel ist als du.** - antwortete Kajaphas.
- **Sie wollen, dass ich ihn ausliefere? Wissen Sie nicht, wer er ist? Hat er nicht zufällig hier, in diesen Mauern, gelebt und gelehrt, und Sie haben ihn abgelehnt?** - Ich habe geantwortet.
- **Natürlich wissen wir es, aber die Wachen kennen ihn nicht und wir können nicht zu ihm gehen.** - Kajaphas sagte zu mir.
- **Und warum sollte ich? Er hat mich aufgenommen und gefunden, als keiner von euch Heuchlern auch nur gemerkt hat, dass ich dachte, ich sei verloren. Ich habe ihm das Laufen beigebracht, ich habe ihn gefüttert, ich habe auf ihn aufgepasst, wenn meine**

Mutter beschäftigt war. Sind Sie verrückt? - rief ich.

- **Sie müssen das tun, weil wir Ihre Schulden übernommen haben, so wie Sie es von uns verlangt haben.** - Abiathar antwortete mir ironisch.

- **Aber könnt ihr mir das nicht aufrichtig sagen, ihr selbst, ihr Priester? Was ist das? Ein Scherz? Ein Test?** - fragte ich.

- **Judas, das ist der perfekte Moment. Die Milizen sind bereit, und wenn Rom einen Fehler macht, können wir unsere Autonomie einfordern. Zumindest werden wir ohne ihre Anwesenheit in unserem Land leben. Seht, was sie uns in Samaria angetan haben. Es gibt dort keine einzige reine Linie mehr. Die Verurteilung einer unschuldigen Person ist ein Anlass für das Volk, sich aufzulehnen. War dies nicht von Anfang an das Ziel Jesu?** - Gamaliel sagte es mir.

- **Nein, natürlich nicht. Jesus möchte, dass wir einander durch Selbstaufopferung verwandeln, nicht durch Rache oder Blut. Gamaliel, glauben Sie wirklich, dass Kajaphas dies beabsichtigt? Was ist, wenn Pilatus die Verantwortung für den Mord nicht übernimmt und die Schuld auf die Menge abwälzt? Es ist Pessach, ich glaube nicht, dass du so unschuldig bist, diese Geschichte zu glauben.** - Ich habe geantwortet.

- **Was ist Ostern anderes als ein Sühneopfer, Judas? Wer ist hier der Unschuldige: Sie oder ich?** - sagte Gamaliel.

- **Die Sache ist ganz einfach: Sie haben sich verschuldet, weil Sie Ihren eigenen Herrn bestohlen haben, um für Immobilien und wer weiß was noch alles zu bezahlen. Wir haben eure Schuld beglichen. Entweder ihr übergebt uns den Nazarener, oder wir gehen zu ihm und sagen ihm, was ihr getan habt.** - sagte Kajaphas.

Als ich diese Worte hörte, stand ich auf und ging gequält weg, ich wusste nicht einmal, was ich denken sollte, ich hatte keine Selbstachtung mehr. Ich fühlte mich wie von der Leere umarmt und erlebte das Gefühl von jenem Tag, als ich auf den Hügeln von Galiläa saß und diese Predigt hörte. Es geschah, was er gelehrt hatte, dass das Wort des Heils nicht immer dort bleibt, wo es gesät wurde, und um mich nicht schuldig zu fühlen, stellte ich mir Pläne vor, die für mich vorher undenkbar waren.

Auf dem Rückweg zum Coenaculum bemerkte ich, dass mir zwei Tempelwächter folgten. Es war mir egal, ich wollte nur diesen Albtraum loswerden und zu dem Frieden zurückkehren, der mich bis vor ein paar Tagen umhüllt hatte.

- **Was wollen Sie?** - fragte ich einen der Wachmänner, den ich am Arm festhielt, nachdem ich mich gleich um die Ecke hinter einer Mauer versteckt hatte.
- **Wir haben den Befehl erhalten, Ihnen zu folgen und den Nazarener zu verhaften, sobald Sie ihn gefunden haben.** - erwiderte Malchus.
- **Ich werde ihn nicht ausliefern.** - Ich habe geantwortet.
- **In diesem Fall lautet der Befehl, Sie an seiner Stelle zu nehmen, weil Sie das Geld des Tempels verwendet und nicht zurückerstattet haben.** - Er sagte es mir.

Die Situation war schlimmer, als man meinen könnte.
- **Was werden Sie mit ihm machen?** - Ich bat darum und dachte, ich könnte ihn ausliefern und während des Prozesses, in dem sie nichts finden würden, was sie ihm vorwerfen könnten, könnte ich mich vor allen Mitgliedern des Sanhedrins und des Tempels erklären und die Münzen zurückgeben.
- **Der Befehl lautet nur, ihn zu verhaften und zu verhören, mehr nicht. Darauf haben Sie mein Wort.** - Malco hat es mir gesagt.
- **Wenn das so ist und wenn ich Ihr Wort habe, dass sie Ihnen keinen Schaden zufügen werden, werde ich Sie zu ihm bringen.** - Ich habe geantwortet.

Als wir ankamen, war das Zönakulum fast leer. Nur Maria, die Mutter Jesu, Magdalena und Martha, begleitet von Joanna und Susanna, und Porfirea, die Frau

des Petrus, organisierten den Ort, an dem wir gegessen
hatten.

    - **Wo sind all die anderen?** - fragte ich.

    - **Sie begleiteten Jesus zu einer Gebetszeit auf den
Ölberg.** - Porfirea antwortete.

Dann machten wir uns auf den Weg zum Ölberg,
aber es war schon tief in der Nacht, also sagte ich den
Wachen, dass ich Jesus küssen würde, damit sie ihn
erkennen könnten, wenn wir dort ankommen. Als wir
Gethsemane erreichten, sahen wir die Fackeln und die
anderen Jünger, die wegen des Essens und des Weins
schliefen. Ein Stück weiter kniete ich und murmelte ein
Gebet, als ich Jesus schreien sah, und ich ging auf ihn zu.

    - **Isa, warum weinst du? Was ist los?** - sagte ich, umarmte
ihn und küsste ihn auf die Wange.

    - **Jesus, er kam mit zwei Wächtern.** - rief Peter.

    - **Judas, mit einem Kuss, so wie du mich meiner Mutter
zurückgegeben hast, verrätst du mich heute? Ich
wusste, dass du uns bestiehlst, denn als die Soldaten
kamen, um die Steuern in Peters Haus einzutreiben,
stellte ich fest, dass du unsere Quote nicht bezahlt
hattest, aber ich zog es vor zu schweigen, in dem
Glauben, dass du mir alles erklären würdest. Aber
heute sind Sie viel weiter gegangen.** - Jesus sagte zu
mir.

    - **Isa, vergib mir. Ich hatte Angst, dir die Wahrheit zu
sagen und was du von mir denken würdest.** - erwiderte
ich unter Tränen und kniete zu ihren Füßen.

    - **Judas, ich habe mehrmals erklärt, dass ich diesen
Dienst nicht angetreten habe, um ein anderer zu sein,
der meint, das Recht zu haben, über die Welt zu
richten, sondern mit dem Wunsch, sie zu retten.** -
Jesus antwortete mir.

    - **Sir, ich hatte bereits dreißig Münzen abgehoben. Ich
hatte keine Möglichkeit, sie zu ersetzen, ich hoffte,
dass es neue Spenden geben würde, aber plötzlich
hatten wir keine Karten mehr.** - erklärte ich beschämt.

    - **Und für dreißig Münzen verkaufen Sie mich? Ist das**

alles, was ich für Sie wert bin? Dreißig Münzen? - fragte Jesus mich.

- Isa, ich bin zum Tempel gegangen, um Hilfe zu bekommen, nicht um es zu verkaufen. Sie sagten mir, ich solle es zurückgeben, und forderten mich auf, es zu übergeben, sonst würden sie mich öffentlich bloßstellen. Sie werden nichts finden, was sie dir vorwerfen könnten, Isa. - Ich habe geantwortet.

- Ich würde dich weder für dreißig, noch für dreihundert, noch für irgendeinen Betrag verlassen, der mich dazu zwingen würde, dich aufzugeben, denn du bist für mich unbezahlbar. Das ist der einzige Schmerz, den ich heute trage, aber es ist alles so, wie es sein sollte, und Sie sollten sich nicht die Schuld geben. Irgendetwas musste passieren, damit dieser Moment günstig war, sonst hätte mich keiner von euch jemals verraten. - Jesus antwortete mir, während die Wachen ihm Handschellen anlegten.

- Isa, ich wollte die Münzen mit Hilfe meiner Eltern ersetzen, aber mein Vater, Gaspar, hatte mich gebeten... - Ich konnte meinen Satz nicht beenden, weil Jesus mich unterbrochen hat.

- Ich weiß, Judas. Die Heiligen Drei Könige sind seit meiner Geburt anwesend, und ich wusste, dass sie jede List anwenden oder jeden fragen würden, um die Prophezeiung zu erfüllen. Das einzige Problem dabei ist, dass es mir lieber wäre, wenn einer von ihnen mich stattdessen verraten hätte. - Er antwortete und machte mich völlig fertig.

Petrus, der die Situation erkannte, zog das Schwert, das er nicht mehr benutzt hatte, seit er die Eiferer verlassen hatte, um sich der Sache Jesu anzuschließen.

- **Ich habe dir gesagt, dass es besser ist, mit einem Schwert zu kämpfen**. - Sagte Pedro und schlug Malco auf das rechte Ohr.

- **Pedro, hör auf. Ich will kein weiteres Blutbad. Wer Gewalt wählt, stirbt in der Gewalt. Meine Stunde ist**

gekommen, wie sie über mich geweissagt haben. -
Jesus antwortete und salbte das Ohr von Malchus mit
heilenden Kräutern, wodurch die Blutung sofort gestoppt
wurde.

Als sie Jesus in den Tempel brachten, schauten
wir alle verärgert zu. Die anderen Schüler griffen mich an,
während ich nicht die Kraft fand, zu reagieren.

Johannes und Thaddäus beeilten sich, es den
Frauen zu sagen, und ich zog es vor, sie zu begleiten. Im
Coenaculum angekommen, erzählten sie schnell, was
geschehen war.

- **Jeanne, du musst zu Cuza gehen, damit er alles tut,
  um die Behörden vor dem Unrecht zu warnen, das der
  Sanhedrin begeht.** - Maria, die Mutter von Jesus, fragte.
- **In Ordnung, ich gehe sofort.** - erwiderte Joana.
- **Du, der ältere Bruder, der sich als Kind um ihn
  gekümmert hat, wie konntest du zu solchem
  Wahnsinn fähig sein?** - rief Magdalena, aber ich wusste
  nicht, was ich sagen oder wie ich mich rechtfertigen
  sollte.
- **Magdalena, es hat keinen Sinn zu schreien. Es ist
  soweit, gehen wir zu ihm, er muss uns dort sehen, an
  seiner Seite.** - sagte Maria.

Während die Frauen in Begleitung von Johannes
und Thaddäus zum Sanhedrin rannten, verlor ich mich in
meinen eigenen Gefühlen und wurde mir bewusst, was ich
getan hatte. Im Sanhedrin beschimpften und bespuckten
sie Jesus und warfen ihm vor, er habe sich selbst zum
Sohn Gottes erklärt, weil er Gott in seinen Gebeten Vater
nannte. Aber er schwieg, seine Kleidung war an der Brust
zerrissen, und er war geohrfeigt worden.

Alle organisierten sich, um ihn vor Herodes zu
bringen, damit der Statthalter über ihn entscheiden
konnte, denn niemand wollte für sein Blut verantwortlich
sein, da es einfach keine rechtliche Anklage gab, die ihn
auch nur ins Gefängnis hätte bringen können. Doch die

Soldaten fesselten ihn an Händen und Füßen, legten ihm schwere Ketten an und schlugen ihn auf dem Weg dorthin. Als ich das sah, ging ich zu Kaiphas.

- **Kajaphas, Malchus hat mir gesagt, dass Jesus nichts zustoßen würde, aber deine Wachen schlagen und prügeln ihn, du Lügner.** - Ich schrie Kaiphas an.
- **Was wollen Sie noch? Unsere Verpflichtung wurde eingehalten. Verlassen Sie dieses Haus.** - antwortete Kajaphas.
- **Ein Kompromiss? Hier sind deine verdammten Silbermünzen. Wenn Sie ihn jetzt freilassen, ist unsere Abmachung hinfällig.** - Ich habe es Ihnen gesagt.
- **Jetzt ist es zu spät, mein lieber Perser, denn es liegt nicht mehr in unserer Hand. Es wird ein römischer Prozess sein.** - antwortete er.
- **Roman? Mit welcher Begründung?** - fragte ich.
- **Meuterei? Aufruhr? Rebellion? Pilatus wird entscheiden.** - Antwortete Abiathar.
- **Judas, das muss so sein. Das ist der Wille Gottes.** - Gamaliel sagte es mir.
- **Der Wille Gottes? Was ist der Wille Gottes? Dein Blut ist meine Schuld, nicht die von Gott.** - antwortete ich und zog mich zurück.

Ich bin rausgegangen und habe die verdammten Münzen liegen lassen. Schließlich würden sie nicht mehr von Nutzen sein. Petrus, der mir gefolgt war, wurde von den Anwesenden am Eingang des Sanhedrins verhört und leugnete vehement, einer seiner Jünger zu sein, und als ich vorbeiging, schaute ich ihm bewundernd in die Augen, auch ihm, der wenige Augenblicke zuvor Malchus mit dem Schwert angegriffen hatte. Aufgeregt versuchte ich mit allen Mitteln, eine Lösung zu finden oder zumindest Jesus zu erreichen, aber es war unmöglich. Ich beschloss, in das Land zu gehen, das ich gekauft hatte, um Mazda oder Jehova oder jeden anderen Gott, der mir zuhören würde, um eine Lösung, eine Befreiung, ein Wunder zu bitten.

- **Haben Sie gesehen, was Sie getan haben? Und was nun? Wer wird sich um unseren Sohn kümmern?** - fragte mich Magdalena, die mich am Straßenrand festhielt, als sie mich gerade gefunden hatte.
- **Sohn?** - fragte ich.
- **Ich bin schwanger.** - antwortete sie.
- **Magdalena, ich werde immer für das Blut meines Bruders und auch für meine Neffen verantwortlich sein.** - Ich habe geantwortet.

Die Schuldgefühle wuchsen in meinem Herzen. Ich kehrte zum Tempel zurück und hob die Silbermünzen auf, die ich weggeworfen hatte. Ich machte mich auf den Weg in Richtung des Landes und versuchte, mit Ananias und Sapphira zu reden, damit sie mir die Münzen, die ich ihnen für das Land bezahlt hatte, zurückgeben und es in Besitz nehmen würden.

- **Ananias, entschuldige die späte Stunde, aber weißt du, was hier los ist? Ich brauche die Münzen, mit denen ich das Land gekauft habe, Sie können das Grundstück haben.** - fragte ich.
- **Aber, Judas, wir haben das Geld verbraucht, wir haben nichts zu Hause, was würde es dir nützen?** - fragte mich Ananias.
- **Ich wollte mit dem Geld, das ich habe, für die Verbrechen bezahlen, derer Jesus angeklagt wird, damit er nicht verurteilt wird.** - Ich habe geantwortet.
- **Verbrechen? Welche Verbrechen?** - fragte mich Sapphire.
- **Die Mitglieder des Sanhedrins liefern ihn an Pilatus aus und beschuldigen ihn, sich als Sohn Gottes und Gründer eines neuen Reiches zu bezeichnen. Ich muss gehen, ich muss eine Lösung finden.** - Ich erklärte.

Ich ging auf das Grundstück, klopfte an die Türen der Nachbarn und fragte in einem letzten verzweifelten Versuch, ob jemand es kaufen wolle. Doch je mehr ich versuchte, das Problem zu lösen, desto mehr Zeit verging und desto weniger fand ich eine Lösung. Es war bereits Tag und die Stimmen in ganz Jerusalem bestätigten, dass Pilatus ihn am Morgen auf dem öffentlichen Platz verurteilen würde. In diesem blutigen Land saß ich verzweifelt unter einem Baum und flehte Gott um eine Lösung an.

- **Was für eine Situation, mein Sohn!** - sagte mein Vater, Gaspar, der sich schweigend näherte.
- **Papa? Wussten Sie alles?** - fragte ich verzweifelt.
- **Ich sagte ihm, er solle sterben. Ich habe ihn gewarnt. Es ist unmöglich, Mazdas Pläne aufzuhalten.** - Er antwortete mir.
- **Mazdas Pläne? Ich war es, der ihn verraten hat, nicht Mazda.** - Ich habe geantwortet.
- **Gott wirkt immer durch unser Leben, mein Sohn. Ich glaube, Jesus hat das sehr gut erklärt, oder hat er nicht gesagt, dass wir uns gegenseitig ein Wunder sein sollen?** - Er antwortete.
- **Sie haben alles genau verfolgt. Aber du hast Recht, wir müssen füreinander das Wunder sein, und ich werde das Wunder meines Bruders sein, indem ich die Existenz der Heiligen Drei Könige und die Pläne, die du seit seiner Geburt geschmiedet hast, entlarve.** - Ich habe ihn gewarnt.
- **Leider kann ich dir das nicht erlauben, mein Sohn. Sie haben Ihren Teil sehr gut gemacht, und wir können Mazdas Pläne nicht wegen unserer Gefühle durchkreuzen. Das alles wird heute zu Ende gehen.** - sagte Gaspar zum Abschluss der Diskussion.

MAGDALENA

- **Ich bin hier, und ich werde nicht von deiner Seite weichen.** - Ich würde es ihm sagen, ohne zu wissen, was ich tun sollte.

Meine Kleider waren bereits blutverschmiert, sein Blut, das Blut desjenigen, der mich auf jede erdenkliche Weise gerettet hatte, während ich nicht einmal seinen Schmerz lindern konnte. Meine Augen waren bereits in seinen verloren, dort, wo alles gesagt wird, ohne etwas zu sagen, und meine Hände zitterten, meine Arme schwankten. Ich wusste nicht, wo ich ihn berühren sollte, hatte den verrückten Wunsch, alles zu sagen, seinen Platz einzunehmen, seinen Schmerz aufzusaugen, aber alles, was wir uns zu sagen hatten, war unaussprechlich, aber in unseren tränenreichen Blicken sichtbar. Er ist die größte Liebe meines Lebens und die einzig wahre. Vielleicht noch viel mehr, ja, denn er ist die ganze Liebe meines Lebens. Und es reichte mir, die Welt mit seinen Augen zu sehen. Ich wollte nirgendwo hingehen, keine Stadt, keine Person kennen... keine Geschichte, keine Informationen, keine Besitztümer, keine Errungenschaften, nichts anderes. Es reichte, dass er an meiner Seite blieb. Ob er nun die Verkörperung unseres Glaubens war oder nicht, das Leben an seiner Seite war Gott so nahe, wie man es nur sein kann.

- **Lebe und sei vollkommen glücklich und bewahre um jeden Preis die Früchte unserer gemeinsamen Momente.** - sagte Jesus zu mir, seine Stimme war von Schmerz und Tränen durchdrungen.
- **Ich will kein anderes Leben. Ich möchte das, was ich bin, mit niemandem sonst teilen, denn alles, was ich bin, ist das Ergebnis deiner Berührung. Bevor du kamst, lebte ich in so viel Einsamkeit, zufrieden mit einem Tag ohne Vorwürfe. Nach dir habe ich durch deine Augen existiert, denn nur du hast in mir**

gesehen, was ich selbst nicht finden konnte. Was wäre mein Leben ohne deine Gegenwart? Was werde ich... - Ich versuchte irgendwie zu sprechen, ertränkte mich in Tränen, aber ich wurde immer wieder unterbrochen, suchte nach einer Stelle an seinem Körper, um ihn zu berühren, sein Blut abzuwischen, seine Wunden zu küssen, aber es war, als hätte man mir mein Leben entrissen, und ich war machtlos, mir das zurückzuholen, was mir gehörte,

- **Wenn du nicht am Leben bleibst, wird all dieses Opfer umsonst sein. -** Er sagte es mir mit einer Art zu sprechen, die ihn menschlicher machte als jeden von uns.

Mir fehlten bereits die Kraft und die Worte, um auszudrücken, wie wichtig er in meinem Leben war. Er hat mich in jedes Atom, das ich bin, verwandelt, und es gibt nichts Göttlicheres als das, und wenn es das gibt, will ich es nicht wissen. Das größte Wunder, das wir erleben können, ist nicht das Unmögliche um uns herum, sondern das Unmögliche in uns selbst.

Ich erinnere mich an jede unserer Diskussionen, an die Probleme, die auf uns zukamen, an die Eifersucht der Jünger, an die religiösen Anschuldigungen, und ich bewunderte seine Stärke, den Mut, mit dem er sich allem stellte, und seine stets sanfte Art zu sprechen. Ich bewunderte seine Stärke, den Mut, mit dem er sich allem stellte, und die Sanftheit, mit der er sprach. Und ich vermisse jedes unserer Probleme, denn das Leben mit ihm zu teilen war die stärkste Erfahrung des Lebens, und nur mit ihm fühlte ich mich als Mensch, fühlte ich mich geliebt, seit wir Kinder waren.

- **Eines Tages wirst du meine Frau sein.** - sagte Jesus zu mir, als wir in der Nähe des Hauses meiner Eltern spielten.
- **Jesus, deine Mutter ist die Cousine meines Vaters, und ich bin Philippus versprochen, dem reichen**

Jüngling aus Magdala, dem Jünger des Gamaliel, da können wir nichts machen. - antwortete ich beschämt.

- **Für Gott gibt es keine Unmöglichkeiten, Maria von Bethanien.** - Sie antwortete mir, dass sie mich niemals als Maria von Magdala erkennen würde.
- **Das mag sein, und wenn es tatsächlich der Wille unseres Gottes ist, werde ich bereit sein, ihn zu akzeptieren.** - antwortete ich und versuchte, meine Scham zu überwinden, ohne zu wissen, dass mein Herz bereits ihm gehörte.

Für diejenigen, die die Entwicklung des Wirkens von Jesus verfolgten, war alles magisch. Seine Worte besaßen Autorität und Kraft, sie drangen so in unsere Seele ein, dass sie uns von allen Zweifeln, aber vor allem von den Ängsten befreiten, die uns in dieser Zeit der Ungewissheit verfolgten. Durch seine Reden wurde unsere Hoffnung erneuert und unser Glaube wiederhergestellt.

- **Der Glaube darf nicht dazu dienen, dass unsere persönlichen Wünsche erfüllt werden, sondern dass unser Vater uns fähig macht, unserem Nächsten zu helfen, indem er uns Mut und Entsagung schenkt.** - Jesus lehrte.
- **Auf diese Weise ist es für Gott sehr einfach, weiterhin Gott zu sein.** - Ich habe geantwortet.
- **Warum, Maria?** - fragte Jesus mich.
- **Weil die Dinge in unserem Leben nicht geschehen, erfüllen sich die Prophezeiungen nicht, und wir können nicht klagen, weil der Glaube nicht dazu dienen muss, dass Gott dieses Bild unseres Leidens verwandelt.** - Ich habe geantwortet.
- **Maria, glücklich ist der, der leidet, weil er Gott liebt.** - Jesus sagte.
- **Jesus, wir leiden nicht, weil wir Gott lieben, sondern weil wir in unserem eigenen Land von Fremden unterjocht werden.** - Ich habe geantwortet.
- **Jede Form von Ungerechtigkeit, die man erleidet, ist eine Geste der Unterwerfung und der Liebe zu Gott,**

die den messianischen Geist zum Ausdruck bringt -
sagte Jesus.

- **Was soll das bedeuten?** - fragte ich.
- **Dieser Christus ist ein Geist der ständigen Liebe zum
  Leben und der Rache gegen das grundlose Leiden, das
  immer angesichts der gewaltsamen Ungerechtigkeit
  auftritt.** - Er antwortete.
- **Aber, Jesus, was wir wollen, ist eine praktische,
  sichtbare Lösung, die uns von so viel Leid befreit.** -
  sagte ich zu ihm.
- **Maria, das ist der Tod. In dieser Welt ist das Leiden
  die einzige Konstante, so dass ich euch niemals
  eine andere Form des friedlichen Lebens
  versprochen habe als die der Lämmer, die zur
  Opferung gehen.** - Jesus antwortete.
- **Jesus, wir können uns nicht richtig ernähren, weil wir
  Steuern an Rom zahlen müssen, das nicht unser
  Heimatland ist; wir leiden unter ständigen
  Todesdrohungen wegen der Repressionen gegen
  die örtlichen Milizen; unsere Führer werden von
  Rom gestellt und abgesetzt; unsere Ehen werden
  aus finanziellem Interesse arrangiert; wir leiden
  unter stiller Unterdrückung; was können wir
  noch geben?** - fragte ich.
- **Maria, in dem, was du mir gerade gesagt hast, habe
  ich sieben Dämonen gezählt: Unzüchtigkeit, Neid,
  Habgier, Egoismus, Unglaube, Angst und
  Gleichgültigkeit.**
- **Aber ich habe aus dem Herzen gesprochen.** - Ich
  erwiderte.
- **Und ich habe nichts anderes gesagt, ich finde seine
  Aufrichtigkeit sogar lobenswert. Der Glaube wird
  jedoch nicht für sich selbst gelebt, sondern als
  Zeugnis für andere. Und was für ein Zeugnis geben wir
  ab, wenn wir nur an uns selbst denken? Sind wir die
  Einzigen in Israel, die in Not sind? Um unterdrückt
  zu werden? Sich nicht an unsere Führer anpassen?
  Mit dem Tod bedroht zu werden? Dass man uns**

unseren Besitz wegnimmt? Sind unsere Väter die einzigen, die aus Angst vor dem Urteil Roms arrangierte Ehen mit reichen Familien eingehen, um zu überleben und ihre Steuern zu bezahlen? - fragte er.

- **Nein**", antwortete ich demoralisiert.
- **Also, Maria, solange jeder von uns auf seinen eigenen Nabel schaut, wird sich nichts um uns herum ändern.** - Jesus schloss daraus.

Dieses Gespräch befreite mich völlig von meinem Egoismus, und ich begann, ihn jeden Tag mehr zu lieben, mit dem brennenden Wunsch, dieses Eheversprechen mit Philipp loszuwerden, und betete und flehte jeden Tag, dass Gott mein Herz erhören und diese Situation verändern würde, so dass ich aus dieser festgefahrenen Ehe ausbrechen und direkt in die Arme Jesu laufen könnte.

Man fragt sich häufig nach dem Sinn des Lebens und danach, was es wirklich bedeutet, am Leben zu sein, denn wenn wir uns die Frage nach dem Leben stellen, antworten wir immer, was es bedeutet zu leben oder wie wir gerne leben würden, ohne jemals genau zu beantworten, was das Leben ist. Deshalb definieren wir ihn als ein Mysterium, als ein Wunder, denn obwohl wir wissen, was der Tod ist, nämlich das Ende des Lebens, wissen wir noch nicht, wie wir das Leben selbst definieren sollen. Und wenn uns das bewusst wird, richten sich unsere Augen nicht mehr auf philosophische Fragen, sondern auf die Erinnerungen, die wir nicht verlieren wollen. Es sind die Erinnerungen, an die wir uns klammern, und aus ihnen erwächst unser Wunsch, uns zu verewigen. Die Ewigkeit ist kein theologisches Konzept, denn ein Leben ist für uns schon genug. Die eigene Existenz auf unbestimmte Zeit fortzusetzen, ist etwas, das wir uns nicht vorstellen können. In einer Liebesgeschichte hat die Ewigkeit jedoch Form und Bedeutung. Der Grund für unsere Existenz ist es, zu dem anderen zu gehören, der uns liebt, und ich wollte um jeden Preis ganz und gar Jesus gehören, und diese unsere Geschichte, die zwischen zwei Kindern an den Ufern von Galiläa begann, wollte ich ewig machen. Jedes Ding, jedes Detail und jede Unvollkommenheit wollte ich unvergänglich machen. Die eifersüchtigen Streitereien, die Widersprüche der Konzepte, die Tage, an denen man nicht miteinander spricht, die Küsse der Versöhnung.

Als wir jedoch von Philips spontanem Tod erfuhren, fühlten wir uns erleichtert und schuldig zugleich. Wir brauchten unsere Gefühle nicht mehr zu verbergen, aber wir glaubten nicht, dass die Lösung unserer Probleme nur durch den Tod eines Menschen, den wir sehr schätzten, zu finden sei.

- **Wir wussten nicht, worum wir baten, als wir beteten, denn nach dem Gesetz wurde man nur dann begnadigt, wenn man eine Witwe war.** - Jesus sagte zu mir, sehr niedergeschlagen.
- **Jesus, solche Gefühle sollten wir jetzt nicht hegen. Sie haben immer gesagt, dass Gottes Wille geschehen wird, denn er ist souverän. Weder Sie noch ich sind in der Lage, Ereignisse zu kontrollieren, geschweige denn Leben oder Tod. Das, was in Gottes Plan stand, ist geschehen.** - Ich habe geantwortet.
- **Ich frage mich, ob es so sein würde, wenn wir uns nicht verliebt hätten.** - antwortete Jesus.

Mit der Zeit verschwand das Gefühl der Traurigkeit und er wurde fröhlicher und natürlicher. Das Leben an seiner Seite war unglaublich. Ein Mann, der völlig frei von Träumen und Gier war, der sein Herz daran hing, anderen Menschen Gutes zu tun und nicht nur das, was er hatte, sondern auch das, was er war, zu teilen.

Bei Jesus gab es weder Egoismus noch Neid, seine Ideen waren klar und einfach, was sie leicht assimilierbar machte, auch wenn sie einzigartig und originell waren. Er wusste nicht, wie man jemandem

Schaden zufügt, und als wir verheiratet waren, ging er, wenn wir uns stritten, nie ohne unsere Versöhnung schlafen. Wir gehörten einander, ganz und gar, und wir liebten uns mit einer Liebe, die alle Widrigkeiten zu überwinden vermag. Ich kenne das Leben nur von ihm, und ich habe keine einzige Erinnerung, in der er nicht vorkommt.

- **Joana, warum hast du Claudia nicht erklärt, dass Jesus der Auserwählte ist?** - fragte ich sie verzweifelt.
- **Magdalena, ich habe Claudia seit Beginn des Passahfestes nicht mehr gesehen, und soweit ich gehört habe, hat Cuza Pilatus angefleht, sich nicht mit der jüdischen Opposition anzulegen.** - Joanna antwortete.
- **Joana, ich halte es nicht mehr aus... Ich verliere den einzigen Mann, den ich je geliebt habe, und ich kann ihn nicht retten, nur die Person, die mich gerettet hat.** - sagte ich und verschluckte mich an meinen Tränen.
- **Magdalena...** - Joana sprach gerade mit mir, als ich sie unterbrach.
- **Hör auf, mich Magdalena zu nennen. Ich bin Maria von Nazareth, von Nazareth.** - Ich habe unter Tränen mit ihr gesprochen.

Maria, meine Schwiegermutter, Joana, Susana, Cleofa, Porfirea und ich verfolgten aufmerksam den Leidensweg Jesu.

Die Qualen seines Leidens waren unermesslich. Die Gewalt gegen ihn war, als ob der Hass Roms wegen der internen Konflikte zwischen Syrien und Palästina auf seinen Schultern lastete. Er wurde wie jeder andere Dieb behandelt, auch wenn niemand wusste, wessen er beschuldigt wurde. Die Wucht der Peitsche beschmutzte unsere Gesichter und Kleider mit seinem Blut. Die Peitsche mit den Sporen riss ihm einen Teil des Fleisches an den Oberschenkeln weg und verletzte ihn am Kopf. Seine Physiognomie war bereits völlig entstellt.

- **Jetzt reicht es aber!** - rief Maria, meine Schwiegermutter, verzweifelt.
- **Maria, beruhige dich.** - sagte Susana.
- **Jetzt reicht es aber! Warum misshandeln Sie ihn weiterhin? Was hat er getan?** - fragte Maria.
- **Ihr geliebter Sohn wird beschuldigt, Palästina von Rom erobern zu wollen.** - sagte Longinus ironisch.
- **Aber als Jesus euch auf Bitten des Kornelius geheilt hat, habt ihr ihn alle als den Sohn Gottes angebetet.** - Porfirea, die Frau des Petrus, antwortete und brachte Longinus zum Schweigen, der daraufhin zu Pilatus eilte und ihn bat, die Auspeitschungen einzustellen.

In solchen Pausen konnten wir uns ihm hin und wieder nähern, um seine Wunden zu reinigen.
- **Meine Liebe, warum hörst du nicht auf mit diesem Wahnsinn? Denn was wirft man Ihnen vor?** - fragte ich verzweifelt.
- **Ich erfülle die Prophezeiung, meine Geliebte, und eine Prophezeiung muss gelebt werden, um erfüllt zu werden, und nicht nur an sie glauben.** - Er antwortete mir.
- **Aber ich kann es nicht ertragen, zu schweigen und all das Unrecht zu betrachten, das man Ihnen antut.** - Ich sagte es ihm.
- **Maria, meine Maria, nur mein Körper leidet. Meine Seele ist in Frieden. Und mein Bruder, Judas? Gibt es Neuigkeiten?** - fragte er besorgt.
- **Jesus, leidest du nicht schon zu sehr, um dich noch darüber zu sorgen, wer dich verraten hat?** - Ich habe die Frage entrüstet zurückgewiesen.
- **Maria und Judas?** - beharrte er.
- **Er ist tot, Jesus. Die Ursache ist noch unklar, aber es scheint, dass er Selbstmord begangen hat.** - Ich antwortete seufzend.
- **Mein Bruder.** - sagte Jesus und weinte.
- **Sei nicht so, meine Liebe.** - Ich habe versucht, ihn zu trösten.
- **Maria, es war nicht seine Schuld, sondern diese Prophezeiung, die geschehen musste. Und noch

weniger glaube ich, dass er Selbstmord begangen hat. Das widerspricht der Lehre der Heiligen Drei Könige. Sicherlich wurde er zum Schweigen gebracht, damit er während meines Prozesses nicht verhört wird. - Er antwortete mir, während er von den Soldaten zu einer weiteren Runde von Auspeitschungen gezerrt wurde.

Keiner von uns hatte je eine solche Stärke und Entschlossenheit gesehen. Es war auf unerklärliche Weise göttlich. Wir wussten nicht alle, was in Persien tatsächlich geschehen war und was man ihn gelehrt und gezwungen hatte zu sein. Wir wussten, dass Judas der älteste Sohn Gaspars war und dass er zwar dafür verantwortlich war, dass sich die Prophezeiung im Leben Jesu erfüllte, dass er sich aber im Laufe der Zeit bekehrte und sich mehr und mehr der Sache seines Bruders Isa, wie er ihn nannte, anschloss, ohne jemals daran zu denken, dass sein Tod wirklich notwendig war. In der Tat war der Tod Jesu, so sehr er uns auch davor gewarnt hat, für uns immer unvorstellbar. Ich glaube, dass niemand, wie spirituell er auch sein mag, den Gedanken an einen notwendigen Tod für jemanden, den er liebt, verkraften kann.

- **Ich verstehe nicht, warum du darauf bestehst, zu sterben, Jesus. Hat Gott nicht das Lamm für Abraham besorgt?**", fragte Judas nach einigen Erklärungen Jesu und meinte damit, dass jede Vorsehung auch über sein Leben kommen würde.
- **Judas, das Opfer, das ich bringe, ist stellvertretend, so dass kein weiteres Opfer nötig ist. Es ist bekannt, dass die Vergebung der Sünden nur durch Blutvergießen erfolgt, und Isaak, der ein Mensch und unschuldig war, nicht zu opfern, scheint keine weise Entscheidung gewesen zu sein, denn jedes Tieropfer ist unvollständig. Für die Sünde des Menschen ist ein gerechtes und gerechtes Menschenopfer erforderlich, das die Schuld des Ungehorsams Adams aufhebt. -** Jesus erklärte.

Diese Worte wiederholten sich in meinen Gedanken über den schrecklichen Moment, den wir erlebten. Keiner von uns hatte sich je vorstellen können, dass eine solche Ungeheuerlichkeit eines Tages Wirklichkeit werden würde. Wie konnte jemand, der allen nur Gutes getan hatte, verurteilt werden? Mit welcher Begründung? Tut das gut? Wir haben gehofft, dass Rom ein Exempel an den wirklichen Militanten statuieren würde, aber dass das Leiden Jesu mit dieser Bestrafung enden und nicht weitergehen würde.

- **Hier ist Jesus von Nazareth, der Sohn Josephs, der gebührend bestraft wurde, und er wird sicher nicht noch einmal dieselben Fehler machen.** - Pilatus verkündete vor der Menge.
- **Er ist ein Rebell, und das wird ihn nicht aufhalten.** - rief Kajaphas.
- **Und was soll ich sonst tun? Dieser Mann ist unschuldig.** - sagte Pilatus.
- **Pilatus, mischen Sie sich nicht in dieses religiöse Problem ein, das ist keine übliche römische Praxis. Es ist Pessach, stellen Sie einen weiteren Gefangenen mit Jesus vor und lassen Sie sie entscheiden, welchen der beiden sie freilassen sollen.** - Cuza rät.
- **Pilatus, das ist ein heiliger Mann.** - Claudia, die Frau des Pilatus, warnte ihn vor Jesus.

Pilatus wandte sich an die Menge und ließ einen weiteren Gefangenen hereinbringen, um das Volk entscheiden zu lassen, wer von den beiden verurteilt werden sollte, in der Hoffnung, dass es Jesus verschonen würde.

- **Nun, hier haben wir Jesus von Nazareth, gegen den es keine Anschuldigungen gibt, und deshalb wasche ich öffentlich meine Hände in Unschuld. Und auf der anderen Seite steht Barabbas, der andere Jesus, der sich selbst als Retter der Juden verkündet. Da es Pessach ist, biete ich einem der beiden Vergebung an. Welchen Jesus sollte ich verschonen? Wählen Sie.** -

Sagte Pilatus, wusch seine Hände als Zeichen der Unschuld für die Entscheidung des Volkes über das Leben Jesu und stellte den anderen Gefangenen vor, den Anführer der Zeloten, Barabbas, der sich Jesus Barabbas nannte und behauptete, der Befreier Israels zu sein.

Zunächst sagte niemand etwas. Es herrschte völliges Schweigen, bis jemand in der Menge begann, sie aufzufordern, Barabbas freizulassen. Wir waren alle erstaunt über die Massen, die Barabbas allmählich zum Volkshelden machten. Wir versuchten verzweifelt, das wahnsinnige Geschrei zum Schweigen zu bringen und die Person zu finden, die die Freilassung von Barabbas anregte, bis wir Gaspar fanden, der sich in der Menge bewegte und die Massen überzeugte. So sehr wir uns auch bemühten, ihn zum Schweigen zu bringen, die Anwesenden hatten sich bereits für die Verurteilung Jesu entschieden, so sehr, dass wir nicht mehr wussten, was wir tun sollten und ob das alles eine Prophezeiung oder ein schrecklicher Fluch gewesen war.

- **Aber was tust du, du verfluchter Mann?** - sagte Peter wütend und packte Gaspar an den Kleidern, sobald er ihn erreichte.
- **Meine Brüder und ich retten die Menschheit und machen Jesus zu einer unauslöschlichen Erinnerung in der Geschichte, ohne ihn öffentlich zu verleugnen, wie Sie es getan haben.** - Er antwortete Petrus, zerstörte seine Argumente und brachte mich dazu, mich umzusehen und in der Menge andere Heilige Drei Könige zu sehen, darunter Baltasar und Belchior.
- **Seid ihr alle verrückt? Einen Unschuldigen verurteilen, um die Welt zu retten?** - Ich habe ihn befragt.
- **Wäre es besser, Jesus zu retten und die Welt zu verdammen?** - fragte er mich.
- **Jeder außer meinem Mann.** - Ich habe geantwortet.
- **Sie sind ihm begegnet, obwohl Sie schon wussten, wozu Sie bestimmt waren, und haben sich dennoch entschieden, ihn zu heiraten. Was Sie heute erleiden,**

war Ihre Entscheidung. - antwortete Gaspar.

- **Was wir heute erlitten haben, du Schuft.** - sagte Peter
  und stieß sein Schwert durch Gaspars Bauch.
- **Peter, das kann uns weder aufhalten noch mich
  umbringen.** - sagte Gaspar, als er sich aus der Menge
  zurückzog und sein Körper sich in Licht verwandelte.
- **Pedro, was ist hier los?** - fragte ich.
- **Ich weiß es nicht, ich weiß es nicht.** - sagte Peter, als er
  erschrocken davonlief.
- **Maria, wir müssen zu Jesus zurückkehren und den
  Rest vergessen.** - Sagte Porfirea und zog mich am Arm.

Wir liefen auf Jesus zu, in der Hoffnung, ihn zu
sehen, während ich das Bedürfnis hatte, ihn zu umarmen,
ihn zu mir zu nehmen, ihn aus dieser chaotischen
Situation herauszuholen. Pilatus gestattete uns auf die
Fürsprache von Cuza und Claudia ein paar Minuten mit
Jesus, aber in unseren Seelen herrschte bestürzendes
Schweigen. Maria, Kleopha, Susanna, Johanna, Porfirea,
Johannes, Thaddäus, Jakobus, Martha und ich sahen
Jesus an, ohne etwas anderes sagen zu können als die
Traurigkeit, die unseren Blick erfüllte.

- **Warum verteidigen Sie sich nicht?** - fragte James, sein
  Cousin.
- **Haben Sie jemals eine solche Studie gesehen? Wenn
  jemand offen für etwas beschuldigt wird, das er nie
  begangen hat, und die Menge nicht für seine
  Unschuld, sondern für seine Verurteilung schreit? Ist
  das für Sie ein Zufall? Ich erneuere alle Dinge.** - Jesus
  antwortete.
- **Gaspar war in der Menge und verführte sie gegen dich.**
  - Sagte Maria, seine Mutter.
- **Gaspar ist nicht Gott, sondern nur sein Bote.** - sagte
  Jesus, ohne dass wir verstanden, worauf er sich bezog.
- **Aber ich will keinen Messias, ich will nur dich, dein
  Sohn braucht dich.** - Ich sagte es ihm.
- **Sie meinen meine Kinder, denn ich weiß, dass sie
  Zwillinge sind, weil ihre Bäuche so groß sind. Ich liebe
  dich und ich liebe sie bereits mit allem, was ich bin.** -

sagte er zu mir.

- **Jesus, deshalb brauchen wir dich noch mehr bei uns. -** antwortete ich, weinte und küsste ihn.
- **Meine Geliebte, dies ist ein Moment, in dem ich Kraft brauche. Glaubst du, dass ich nicht daran gedacht habe, alles aufzugeben und zu dir zurückzukommen? Ich habe oft daran gedacht, aber ich würde Schwäche zeigen, Abtrünnigkeit, eine Haltung, aus der heraus ich besiegt würde und die Welt bliebe dieselbe. Nach diesem Urteil wird alles anders sein, und ich werde weiterhin bei euch sein.** - Jesus antwortete.
- **Wie meinen Sie das? Wirst du wieder auferstehen? -** fragte John.
- **John, der Tod ist nur eine Phase des Lebens.** - Jesus sagte.
- **Aber wenn du noch da bist, dann bist du nicht gestorben.** - sagte James.
- **Auferstehung ist nichts anderes als der Wille, nicht tot zu bleiben, und dieser Wille findet sich in meinen Botschaften und in euren Herzen. Die Liebe ist das einzige Gefühl, das bereit ist, über das Leben hinauszugehen. Jedes Mal, wenn ihr meinen Namen und das, was ich gelehrt habe, verkündet, werde ich in eurer Mitte durch eure Gedanken und in euren Herzen gegenwärtig und wiederauferstanden sein. Jedes Mal, wenn ihr die Hungrigen speist, den Durstigen zu trinken gebt, die Nackten bekleidet und die Gefangenen besucht, die nicht mehr die Kraft haben, ihre eigenen Kämpfe zu führen und um ihr Leben zu kämpfen, werde ich anwesend sein.** - Jesus erklärte.
- **Aber das reicht uns nicht aus. Es wird nie genug sein. -** Sagte Maria, seine Mutter.
- **Das wird mehr als genug sein, Mutter, denn du wirst immer noch deine Kinder haben, die dich lieben und deine Erinnerungen lebendig werden lassen.** - Jesus antwortete und bezog sich dabei auf Johannes und Simon und ihre Schwestern.
- **Aber ich werde niemanden haben.** - Ich habe gesprochen.

- **Wie kannst du das sagen, wenn du die Frucht unserer
  Liebe in deinem Leib trägst? Liebt sie und ihr werdet
  mich in ihnen sehen.** - antwortete Jesus, als er von den
  Wachen zur Kreuzigung geschleppt wurde.
- **Nein, nein. Geben Sie mir meinen Mann zurück. Nein...
  Ich will meine Liebe, ich bin seine und er ist meine,
  Vater meiner Kinder, Schatz meines Herzens, mein
  Alles, mein Grund, mein Warum... Sie reißen mir
  alles, was ich habe, aus den Händen.** - Ich schrie
  unkontrolliert, während Joana versuchte, mich zu
  beruhigen.

Als ich meinen Mut wiedergefunden hatte,
verfolgte ich ihn weiter aus der Ferne, soweit es mir
erlaubt war, und beobachtete alles unter Tränen. Im
Gefängnis verhöhnten sie ihn, peitschten ihn aus,
bespuckten ihn, zerrissen seine Kleider, kleideten ihn in
ein mit seinem Blut gerötetes Tuch und setzten ihm eine
Dornenkrone auf den Kopf.
- **Derjenige, der behauptete, der Retter Israels zu sein,
  war der andere Jesus, den Sie befreit haben,
  Barabbas.** - rief ich vom Innenhof aus.
- **Wir haben Barabbas nicht befreit, aber euer Volk hat
  sich entschieden, diesen Jesus zu kreuzigen.** - Sagte
  Kornelius, der Hauptmann.
- **Mein Mann hat sich jedoch nie als König oder Retter
  Israels bezeichnet.** - Ich habe geantwortet.
- **Warum entkommt er dann nicht? Er hat so viele
  Wunder vollbracht, und dieses einfache Problem kann
  er nicht lösen? Beteuern Sie einfach seine Unschuld
  und bestätigen Sie, dass er nichts von dem gesagt
  hat, was ihm vorgeworfen wird.** - Sagte Cornelius.

Ich wusste nicht, was ich antworten sollte. Die
Menschen, die er so sehr verteidigte, waren anwesend, als
sie seine Kreuzigung beschlossen, und keiner von ihnen,
nicht einmal die Geheilten oder Freigelassenen, trat zu
seiner Verteidigung auf.
- **Denn Liebe ist eine Geste der Hingabe, nicht eine**

Forderung. Liebe ist der Wunsch, die Verlorenen zu retten, nicht, sich selbst zu retten. Ist es nicht das, was Soldaten tun, nämlich für das Wohl derer, die sie lieben, und der Nation, die sie verteidigen, in den Kampf ziehen? Sind Soldaten nicht die ersten, die ihr Leben für die Ideale geben, die sie schützen? - Jesus antwortete vom Inneren des Gefängnisses aus, so dass Kornelius sich schämte.

Während sich seine Physiognomie durch die harten Angriffe, denen er ausgesetzt war, verändert hatte, strahlten seine Augen weiterhin denselben unveränderten Frieden aus. Sie banden ihm die Füße an die Hüften, legten ihm das Kreuz auf die Schultern, und der Marsch vor die Stadtmauern begann. Jesus konnte weder Wasser trinken noch eine Atempause einlegen.

Ich bemühte mich, sie dazu zu bringen, mich ihm zu Hilfe kommen zu lassen, aber sie sagten immer wieder, solange er tragen könne, sei keine Hilfe erlaubt. Simon, der abwesend war, weil er Josef, den älteren Bruder Jesu väterlicherseits, um Hilfe gebeten hatte, sah mit Erstaunen zu.

- **Aber es ist Ostern... wie ist es möglich, dass ein Prozess so schnell stattfinden konnte? Ich bin zu spät gekommen!** - rief Simon erstaunt aus.
- **Simon, es ist nicht deine Schuld. Bist du mit Joseph gekommen?** - fragte ich.
- **Ja, es ist noch ein Stück weiter.** - antwortete Simon.

Als Joseph diese Szene sah, versuchte er, seinen Einfluss geltend zu machen.
- **Ich bin Joseph, Sohn des Joseph, des Zimmermanns, wir haben Aufträge in ganz Jerusalem, ich kann die Absolution für Jesus, meinen Bruder, bezahlen.** - sagte Joseph zu Longinus.
- **Das ist unmöglich, denn das gesamte jüdische Volk hat sich dafür entschieden, ihn durch die Freilassung von Barabbas zu verurteilen.** - antwortete Longino.

- **All diese Menschen haben Barabbas meinem Bruder vorgezogen? Verdammte Menschen, dann wissen sie nicht, warum Gott ihre Gebete nicht erhört. -** Sagte Joseph, als Jesus vorbeiging und unter der Last des Kreuzes zusammenbrach.
- **Gehören Sie zur Familie? Helfen Sie ihm. -** Sagte Gefreiter Stephaton.
- **Gerade eben. -** sagte Joseph und eilte Jesus zu Hilfe. - **Mein Bruder, wie kann ich dir helfen?**
- **Du tust es bereits, Joseph. Wenn ich ihn ansehe, erinnere ich mich so sehr an ihn",** sagte Jesus und meinte damit Joseph, seinen Vater.
- **Mein Bruder, verzeih mir, ich war immer so ungeduldig und habe dich immer kritisiert, als du jünger warst. -** sagte Joseph.
- **Ist schon gut, Joseph. Das ist Vergangenheit, das Wichtigste ist, dass wir jetzt hier sind und einander immer noch verzeihen können. -** Jesus antwortete.
- **Ich habe dir nichts zu verzeihen, du bist nur eine Quelle des Stolzes. -** erwiderte Joseph.
- **Ich? Der uneheliche Sohn? Ich habe nichts, worauf ich stolz sein könnte, außer der Möglichkeit, ein Bruder für euch alle gewesen zu sein und Teil dieser wunderbaren Familie zu sein. -** sagte Jesus und riss Josef die Tränen aus den Augen.
- **Genug, er kann jetzt alleine weitermachen. -** Sagte Stephaton, der die Nähe und den Dialog der beiden sah, das Kreuz zu Jesus zurückbrachte und Joseph von seiner Seite nahm.

Die Straße war fast fertig und wir näherten uns dem Schädelhügel, der so genannt wurde, weil sich hinter der Stelle, an der die Verurteilten gekreuzigt worden waren, Leichen in einem Massengrab angesammelt hatten. Als wir dort ankamen, brach Jesus auf dem Kreuz zusammen, das er trug, und wurde erst von den Soldaten geweckt, die seinen Körper aufstellten.

- **Ich flehe dich an, hab Erbarmen. -** Ich schrie, als sie den Körper Jesu auf das Kreuz legten, um die Nägel

einzuschlagen.
- **Vater, hab Erbarmen mit ihnen, denn sie erfüllen nur deine ewigen Absichten.** - Sagte Jesus, erwacht durch den schrecklichen Schmerz, als Longinus seine Handgelenke durchbohrte und Stephaton seine Fersen.

Die Szene war ein Spektakel für die Zuschauer und eine Tragödie für jedes Familienmitglied. Es war unerträglich, sich das vorzustellen. Diejenigen, die weiter zusahen, hatten den Wunsch nach einem Wunder in den Augen, die Hoffnung, dass etwas geschehen würde, aber wenn Gott beschließt, unbeweglich zu bleiben, weht nicht einmal der Wind, um die Hitze zu lindern, nichts wischt unsere Tränen weg, und der Anschein von Hoffnung weicht Schritt für Schritt der Verzweiflung, bis uns bewusst wird, dass sich nichts ändern wird.
- **Mein Sohn... was habe ich getan?** - sagte Maria am Fuße des Kreuzes.
- **Alles war so, wie es sein musste, und Sie sollten sich freuen, dass Sie noch weitere Kinder in die Arme schließen können.** - Sagte Jesus und bezog sich dabei auf seine Brüder und Schwestern.
- **Und ich? Was werde ich heute Abend umarmen, außer einem leeren Laken?** - Ich habe es Jesus gesagt.
- **Freiheit, meine Liebe, ich sterbe, damit du voll und ganz leben kannst.** - Jesus antwortete.

Leben? Welches Leben? Das war ein Dialog, den ich vermeiden wollte, denn er wiederholte sich wie am Anfang, furchtbar prophetisch und wahr.
- **Und wenn ich nicht mehr bin, wird das Leben nie mehr so sein wie vorher, denn wir werden mit Gott versöhnt sein.** - In einer sternenklaren Nacht am Ufer des Sees Tiberias erklärte mir Jesus den Zweck seines Dienstes.
- **Und was für ein Leben werde ich ohne dich haben?** - murmelte ich.
- **Dein Leben wird für mich wie der Himmel sein, mein**

Geliebter, der immer leer sein wird, wenn du nicht da bist. Aber wenn du nach Tiberias kommst, lege dich auf den Sand am Meer und schaue in den Himmel, so wie wir es jetzt tun, und wir werden uns hier treffen, unter unserem Sternenhimmel, du auf dem Sand des Strandes und ich im Himmel, der sich im Meer spiegelt, so dass ich dich jedes Mal umarme, wenn du deinen Körper in dieses Wasser tauchst. - Jesus sagte zu mir, während er mich sanft im Meer badete.

Während die Erinnerungen in mich eindrangen, ließ das Leben ihn im Stich. Langsam legte sich sein Kopf auf die Brust, während er sich, fast bewusstlos, an seinen Vater Joseph erinnerte, an das sichtbare und intime Leiden, das er durchmachte.

- **Vater, warum hast du mich verlassen?** - Jesus rief, und wir wussten nicht, ob er Gott oder Josef meinte.
- **Dein Vater ist tot, mein Sohn, und das ist auch gut so, denn er würde niemals zulassen, dass ihm so viel Leid widerfährt.** - Sagte Maria, seine Mutter.
- **Es spielt keine Rolle mehr, denn es ist alles vorbei.** - Jesus antwortete und atmete aus.

Die Wachen hatten die Tötung der anderen Verurteilten beschleunigt, aber aus Angst vor der Heilung, die er erhalten hatte, vermied Longinus es, Jesus die Beine zu brechen, indem er seine rechte Seite mit der Spitze eines Speeres durchbohrte. Er war bereits tot, aber Wasser und Blut sprudelten noch deutlich heraus, zwei Elemente des Lebens, die aus derselben Wunde kamen. Alle erschraken, und einige wurden Zeuge kleiner Beben in ganz Jerusalem, die den Vorhang des Tempels zerrissen, der das Heilige vom Allerheiligsten trennte.

Den Tod eines geliebten Menschen hilflos miterleben zu müssen, ist die schlimmste aller Strafen. Jesus hatte Recht, als er sagte, dass es in diesem Leben schlimmere Momente als den Tod gibt, und mein schlimmster Moment war, den leblosen Körper meines

Mannes in Leinentücher gewickelt zu erhalten, die wir gekauft hatten. Maria, die Mutter Jesu, und ich baten die anderen, uns ein paar Minuten allein zu lassen, und so bückten wir uns am Fuße dieses verfluchten Kreuzes und umarmten seinen leblosen Körper.

Alles war sehr seltsam, gerade gestern haben wir noch Ostern mit ihm gefeiert und am nächsten Tag war er unser Osteropfer. Von seinem Körper umarmt, blieben wir ungläubig stehen. Die Behörden wollten ihn uns wegnehmen und behaupteten, er sei als Verbrecher verurteilt worden, aber Joseph, sein Bruder, bezahlte dafür, dass sein Leichnam zu uns zurückgebracht wurde, und zwar mit dem Gold, das die Heiligen Drei Könige bei seiner Geburt gespendet hatten.

- **Joseph, hast du die restlichen Geschenke mitgebracht, damit wir seinen Körper reinigen können?** - fragte Maria.
- **Ja, sie stehen bereits am Eingang zu unserem Familienmausoleum.** - antwortete Joseph.
- **Was werden Sie jetzt tun?** - beharrte Maria.
- **Ich weiß nicht, wie es mit der Familie weitergeht. Alles ist noch sehr neu und ich kann es nicht verarbeiten. Ich werde mit meiner Familie nach Arimatea zurückkehren. Bleiben Sie aufmerksam und wachsam, denn die Situation hier ist noch immer sehr nervös. -** Er warnte Joseph, dass wir ihn, um ihn von seinem Vater zu unterscheiden, Arimatea nannten, während er mit seiner Frau und seinen Kindern wegging.

Zusammen mit Maria reinigte ich den Körper meines Mannes, salbte seine Wunden, wusch ihn mit Myrrhe, wickelte ihn in Leinentücher und ließ den Weihrauch brennen, während ich seinen Körper und sein Gesicht küsste und ihn bat, ein letztes Wunder zu vollbringen und mit mir nach Hause zurückzukehren.

Die Trauer lehrt uns, dass in der Verzweiflung alles noch schlimmer werden kann, dass das Leiden nie ein Ende hat, dass wir nur lernen, mit dem zu leben, was uns von innen heraus ruiniert und uns jeden Tag die Lust raubt, aufzustehen, das Fenster zu öffnen, die Welt zu sehen. Witwenschaft bedeutet nicht, den Tod zu akzeptieren, sondern mit der Abwesenheit, mit der Leere umzugehen. Es ist ein Ritus, jeden Tag aufzustehen, Hoffnung zu suchen und sich zu bemühen, nicht nur die Erinnerung an den Verstorbenen lebendig zu halten, sondern aus diesen Erinnerungen heraus zu überleben, denn sie dienen viel mehr dazu, uns zum Leben zu ermutigen, als die Erinnerung an den, der uns verlassen hat, fortzusetzen.

Für die Beerdigung kamen die anderen, die uns gefolgt waren, zusammen mit den Jüngern, um zu helfen.

- **Wissen wir etwas über Judas?** - fragte Thomas.
- **Immer noch nichts.** - erwiderte Bartholomäus.
- **Sehr seltsam.** - stimmte James zu.
- **Ich denke, wir sollten uns für eine Weile ausbreiten.** - sagte Thaddäus.
- **Im Gegenteil, jetzt müssen wir noch geschlossener auftreten. Wir haben das Coenaculum, und es ist am besten, wenn wir zusammen sind und aufeinander aufpassen.** - sagte Peter.
- **Vorerst konnten wir nicht einmal denken und kehrten nach Nazareth zurück.** - Ich sagte es ihnen und warnte sie, dass ich mit meiner Schwiegermutter nach Hause zurückkehren würde.
- **Ja, wir sollten warten, bis die Trauer vorbei ist und nach Hause kommen.** - Maria stimmte mir zu.

Die Zeit, die wir im Coenaculum verbrachten, war für mich unerträglich. Ich konnte die Akzeptanz, die in den Gesichtern der anderen zu sehen war, nicht verdauen, und deshalb konnte ich nicht in derselben Umgebung wie sie sein. Ich konnte es nicht ertragen, mich an die Lehren Jesu zu erinnern, noch an seine Worte, denn die Abwesenheit seiner Berührung tat mir weh. Das Bild seines toten Körpers in meinen Armen war in meinen Augen eingebrannt, und ich sah es, wohin ich auch blickte und wohin ich auch ging. Ich war fast nie im Coenaculum, weil mich dort alles an Jesus erinnerte. Ich konnte es kaum erwarten, dass diese drei Tage vorbei waren und ich nach Nazareth zurückkehren konnte, um mich in ein Zimmer einzuschließen und auf den Tod zu warten. Sehnsucht ist etwas, das wir nur dann definieren können, wenn wir erkennen, dass die Anwesenheit all der anderen nicht ausreicht, um das Loch der Abwesenheit des Verstorbenen zu füllen.

Nach den drei Tagen ging ich frühmorgens zum Grab, um dort meine Gebete, mein Flehen, meine Angst zu hinterlassen? alles nur ein zu deutendes Bild, denn was ich wirklich hoffte, war, dass er geheilt aus diesem Grab herauskommen würde, wie es mit Eleasar geschehen war, oder dass er endlich nach Nazareth zurückkehren würde, um diese Sehnsucht loszuwerden. Als ich mich dem Ort näherte, bemerkte ich jedoch eine Aufregung, die sich schnell verflüchtigte.

Als ich vor dem Grab ankam, sah ich den umgestürzten Stein, aber die römischen Siegel unversehrt, und diese menschliche Figur in Form eines Lichtes, die auf dem entfernten Stein saß. Das gleiche Licht, das von Gaspar ausging, als Petrus ihn mit dem Schwert schlug.

- **Sie? Du steckst immer hinter allem, die ganze Zeit. Was wollen Sie denn eigentlich? Was machen Sie hier? Warum ist die Gruft offen?** - Ich habe es Ihnen gesagt.
- **Ja, immer ich. In allem, was lebendig ist, bin ich, und was ich jetzt tue, kann noch keiner von euch verstehen. Sein Opfer ist angenommen worden, und hier ist nicht mehr sein Platz.** - Dieses Licht hat mir geantwortet.
- **Was meinen Sie damit? Ist er am Leben?** - fragte ich.
- **Was machen Sie hier? Wonach suchen Sie? Er ist nicht mehr unter den Lebenden, und gleichzeitig bleibt er lebendig, in Ihnen.** - Er antwortete mir, indem er auf meinen Bauch zeigte, und meinte damit unsere Kinder.
- **Wer sind Sie? Gaspar? Wie lautet Ihr richtiger Name?** -

fragte ich.

- **Ich bin derjenige, der es ist.** - Er antwortete mir und
  verschwand.
- **Mein Herr Adonai...** - murmelte ich, als das Licht
  verschwand.

Als ich das Mausoleum betrat, bemerkte ich,
dass der Leichnam Jesu verschwunden war, und ich lief
zu den anderen, die noch im Zönakulum schliefen, und
wir kehrten zur Grabstätte zurück.

- **Nur die Heiligen Drei Könige oder die Priester hätten
  die Befugnis, die Wächter zu überzeugen, ein
  bewachtes Grab zu verlassen und den Leichnam zu
  entfernen. Aber zu welchem Zweck?** - fragte Matthew.
- **Mit dem Ziel, die Römer in Angst und Schrecken zu
  versetzen, weil sie einen Unschuldigen verurteilt
  haben, damit in diesem schmutzigen, heuchlerischen
  Reich Unordnung entsteht und Israel wieder ein
  Leuchtfeuer hat.** - antwortete Kajaphas, als er aus dem
  Laub herauskam.
- **Sie waren es, aber Sie wollten seine Verurteilung, Sie
  haben ihn für Dinge beschuldigt, die er nie getan hat,
  und jetzt glauben Sie an ihn?** - fragte Peter.
- **Ich habe Judas immer gesagt, dass es besser ist, wenn
  einer für ganz Israel stirbt, dass ganz Israel leidet.
  Und das war auch die Botschaft von Jesus. Wir
  werden niemals einen messianischen Glauben an ihn
  annehmen, aber diese Spaltung wird für den Ruin
  Roms ausreichen.** - Gamaliel erklärte.
- **Und Judas? Sind Sie auch für seinen Tod
  verantwortlich?** - fragte Cleoppa.
- **Nein, wir haben auch keine Verbindung zum Tod von
  Judas und wissen nicht, was wirklich mit ihm
  geschehen ist.** - Kajaphas antwortete.
- **Und was wird jetzt passieren?** - fragte Matthew.
- **Ihr sollt die Arbeit fortsetzen, die er begonnen hat, und
  der Rest wird seinen eigenen Lauf nehmen.** - Kajaphas
  sagte.
- **Und wir werden Frieden schließen, einfach so, ohne**

Erklärungen? - fragte ich.

- **Wir werden ausnahmslos und scheinbar Feinde sein, während sich im Namen Jesu jedes Knie in Rom beugen wird und alle ihn als Messias anerkennen werden. Nur dann werden wir frei sein.** - Gamaliel antwortete.
- **Und der Körper meines Sohnes?** - fragte Maria.
- **Es ist ein streng gehütetes Geheimnis und es ist besser, wenn niemand davon weiß.** - Gamaliel sagte.
- **Und wenn sie uns danach fragen?** - fragte Simon.
- **Sagen Sie einfach, dass er lebt und dass er in jedem von Ihnen lebt.** - antwortete Kajaphas.
- **Aber das ist keine Wahrheit und schon gar nicht eine Antwort.** - erwiderte Thomas.
- **Die Wahrheit ist nur eine Sichtweise. Verteilen Sie sich in Israel und erzählen Sie jeweils Ihre eigene Version der jüngsten Ereignisse.** - Sagte Kajaphas und zog sich mit Gamaliel zurück.

Am selben Tag, bevor wir nach Nazareth zurückkehrten, suchten Maria und ich Kaiphas in seinem Haus auf, um ihn um das Recht zu bitten, den Leichnam Jesu ein letztes Mal sehen zu dürfen. Er willigte ein und brachte uns in den Tempel, an einen geheimen Ort, wo wir unsere letzten Worte hinterlassen konnten. Und ich erinnere mich sehr gut an alles in dieser Nacht.

- **Halten Sie es geheim, dann sind Sie sicherer. Solange wir in der Öffentlichkeit Gegner sind, werden sie dich hier nicht suchen.** - Kaiphas warnte.
- **Wir werden mit niemandem teilen, nicht einmal mit den anderen Jüngern.** - sagte Maria, während ich, ihrem Körper zugewandt, begann, ihr alles zu sagen, was in meinem Herzen war.
- **Mein Schatz, ich danke dir für alles, ich danke dir, dass du meine Tage mit deinem Lächeln verschönert hast, dass du mein Leben mit deiner Zuneigung verändert hast, dass du dich um mich gekümmert hast, dass du dich in mich verliebt hast, als wir noch Kinder waren, und dass du mich nie aufgegeben hast, dass du mich**

zu deiner Welt gemacht hast, zu deinem Zufluchtsort, zu dem Ort, an dem du deinen Kopf ausruhst. In meinem Leben ist dein Platz unersetzlich. Ich gestehe, dass ich keine Kraft habe, weiterzumachen, aber ich werde sie in unseren Kindern finden. Ich dachte daran, sie Judas und Joseph zu nennen, wenn sie Männer sind, oder Maria und Martha, wenn sie Frauen sind. Oder Josef und Maria, wenn sie ein Paar sind. Das ist Unsinn von mir, denn es ist alles nur, um dich nicht zu vergessen. Auf jeden Fall habe ich daran gedacht, deinen Namen nicht zu nennen, um die Fesseln des Hasses zu sprengen, die uns noch immer umgeben, um ihnen künftiges Leid zu ersparen, und weil dein Name von heute an nur dir gehört, nur uns gehört. Dein Name steht in meinem Leben über allen anderen Namen. In meinem Herzen gibt es nichts Wertvolleres, und ich hoffe, dass unsere Kinder nicht nur wie du aussehen, sondern auch deinen Charakter haben werden, denn du bist das Wertvollste, was ich auf meinem Weg gefunden habe. Du hast mich zu einem ewigen Kind gemacht, und immer wenn ich meine Füße im Meer bade, denke ich an uns beide. Immer, wenn ich meine Hände in den warmen Sand tauche, denke ich an eure Spiele. Keine Königin war so begabt wie ich, keine Frau wurde so geliebt wie ich. In deinen Armen einzuschlafen war ein Synonym für Sicherheit und Geborgenheit. An deiner Seite aufzuwachen war das Abenteuer einer Entdeckung, entweder hast du mich mit Küssen geweckt, oder mit der ersten Mahlzeit, oder mit deinem perfekten Lächeln, das meinen Körper als deinen Tempel verehrte. Kein Paar wird jemals so sein wie wir beide. Mein Körper vermisst deine Hände, mein Mund vermisst deinen Mund. Heute habe ich deine Arme nicht mehr, aber ich werde meine benutzen, um unseren Kindern alles zu geben, was du mir gegeben hast. Dies ist kein Abschied, es ist nur eine vorübergehende Trennung. Bald werde ich bei dir sein, entweder im Staub oder im Paradies, das spielt keine Rolle, solange wir zusammen sind. - Das waren meine letzten Worte an Jesus.

Die folgenden Tage waren sehr unruhig. Perioden des Friedens, Perioden der Verfolgung. Maria und ich lebten immer noch in Nazareth, und ich war mit der Erziehung meiner Söhne Joseph und Judas beschäftigt, die gesund und munter aufwuchsen. Wir hatten die Fürsorge für alle und den Teil des Erbes Jesu, den Josef von Arimathäa uns jeden Monat für unsere persönlichen Ausgaben gab, während die Kinder das Handwerk ihres Großvaters und ihres Vaters erlernten.

Die in Jerusalem verbliebenen Jünger wurden gewaltsam verfolgt, misshandelt, ins Exil geschickt und ermordet; doch je mehr sie verfolgt wurden, desto mehr Jünger fanden sich ein, und schon bald war das Christentum nicht mehr nur eine Sekte, sondern motivierte den Glauben des ganzen Reiches. Doch nach dem harten Verhör, das mein Schwager Judas, der Sohn der Maria, erleiden musste, ließ Domitian meine beiden Söhne vorladen und wollte wissen, ob sie Erben und Nachfolger des Reiches Christi seien, sowohl wegen der Predigt Jesu als auch wegen der davidischen Thronfolge Israels, und so wurde uns klar, dass es Zeit war zu fliehen. Meine Söhne wurden öffentlich beschämt, ihre gesamte Habe wurde vom Reich beschlagnahmt und sie wurden nicht aus Barmherzigkeit entlassen, sondern weil Domitian befürchtete, dass die Verurteilung zum Tode neue Aufstände in Israel begünstigen würde, vor allem weil sie Söhne Jesu waren.

Die Predigten und Briefe des Paulus trugen zu einer göttlichen Interpretation Jesu bei und führten zu einer Reihe von Diskussionen über sein Wesen, ob er menschlich oder göttlich war, und für uns, die wir mit ihm gelebt hatten, war das ein Affront, denn nur wir wussten, wie menschlich er war, menschlicher und barmherziger als jeder andere.

Vielleicht war es sogar dieses Mitgefühl und

diese Menschlichkeit, die in ihm einzigartig waren, die ihn göttlich erscheinen ließen. Seltsam, denn seinen Botschaften zufolge manifestiert sich das Göttliche, wenn wir in der Lage sind, unseren Mitmenschen gegenüber extreme Menschlichkeit an den Tag zu legen, so wie die Menschen heute glauben, er sei etwas Besonderes, als er tatsächlich war. Die Wahrheit ist jedoch, dass sich nichts an seiner Person ändern wird, egal was sie ihm hinzufügen, denn er wird weiterhin der Beste von uns allen sein. Was wir von ihm lernen, hat nichts Göttliches an sich, er hat nur das praktiziert und war, wozu wir beschämenderweise nicht in der Lage waren, und obwohl er nicht göttlich war, war er Gott so nahe, wie man nur kommen kann.

Nach der Beerdigung Marias, bereits in meinem hohen Alter, landeten wir an einem kleinen Strand in Gallien, wo ich erfuhr, dass Titus, empört über das Wachstum der Christen und die ständigen jüdischen Aufstände, um das Jahr 70 herum Jerusalem vollständig zerstört hatte. Meine Kinder waren friedlich und lernten in dem kleinen Dorf, in dem wir lebten, zu fischen. Die Botschaft Jesu verbreitete sich in der ganzen Welt, während seine Samen unter meiner Obhut wuchsen, und jedes Mal, wenn ich meine Füße ins Meer tauchte, war es, als ob mein Mann neben mir lebte.